V
Vanth
collection

水面ノ月

二重螺旋13

吉原理恵子

キャラ文庫

この作品はフィクションです。
実在の人物・団体・事件などにはいっさい関係ありません。

目次

口絵・本文イラスト／円陣闇丸

《＊＊＊　思わぬ出来事　＊＊＊》

バタフライ効果。

もともとは気象用語であったらしいそれが、今では様々な場面でわりとポピュラーに使われるようになった。取るに足らない漣《さざなみ》程度のことが、いろいろな出来事を経て結果的に大きな変化をもたらす——という意味で。なかなかに含蓄のある言葉である。

それはまるで、シナリオのない人生に酷似《こくじ》していると言っても過言ではない。……かもしれない。

人間、誰しもが心の中では映画や小説の主人公のように波瀾万丈《はらんばんじょう》な冒険をしてみたいと思ってはいても、それはあくまで妄想世界のことであって、実際にリアルでガチなトラブル満載な人生を歩みたいとは誰も思わないだろう。

理想と現実はまったく別もの。それが正しい。

けれども。いくら平々凡々な日常生活を願っていても、ある日突然、思ってもみないことが起こる。それもまた、ありがちと言えばありがちなことでもあった。

幸運？

それとも、不運？

天国？

あるいは、どん底？

ダイスの目がどんなふうに転ぶのか、それは誰にもわからない。気取った言い方をするのなら『神のみぞ知る』というところだろうか。

神様の思《おぼ》し召しであれば、誰も文句は言えない。

だからこそ、人生に悲喜こもごもは付きものだったりするのだろう。

§§§§§　§§§§§　§§§§§　§§§§§

それは、『ウエルカムJAPAN』という外国人向け観光旅行《トラベル》サイトの書き込みから始まった。

▼今日、京都《きょうと》観光に行ってきたんだけど。定番の神社巡りですっごくキュートな男女ペアの観

光ガイドに当たって、超ラッキーだった。ガイドなんだから詳しいのは当たり前なんだろうけど、ガイドブックに載っていないようなおもしろい話がいっぱい聞けてとても楽しかった。二人ともティーン・エイジャーみたいだったけど、よく勉強してるなぁって感じ。特に、男の子のジョークを交えての通訳ぶりが素晴らしかったよ▲

その書き込みがあってから、次々にフォローが入った。

▼知ってる知ってる。もしかして、同じグループにいた？　彼女、スゴい博識だったよね。あれだけの情報量を丸暗記してるなんて、本当にスゴい▲
▼ハーイ。たぶん、僕も同じガイド・グループにいたと思う。彼女のスピーチもよかったけど、それを英訳してた彼が素晴らしかった。すごく丁寧で聞き取りやすかったよ。こっちの質問にもちゃんと答えてくれたしね。あれはよかった▲
▼同じく。日本人ってあんまり英語が得意じゃないって聞いてたけど、さすがに通訳ガイドをしてるだけあってナチュラルにしゃべってたよな。もしかして、外国で暮らしてたことがあったりして？▲
▼彼女みたいに神社仏閣とかの歴史にやたら詳しい女性を日本じゃ『レキジョ』って言うらしいね▲

▼『レキジョ』……。初めて聞いた。じゃあ、男の場合はなんて言うんだろ▲
▼ほんと、キュートなカップルだったよね。なんだか、見ててほほえましくなった▲
▼通訳付きの観光ガイドって珍しいよな。別ルートを回ってた友人も知らなかったらしい。すっごく悔しがってた▲
▼もしかして、新しいサービス・パターンかな? だったら、俺たち大当たりってことだよな▲
以後。『京都神社巡りガイド』で検索をかけると様々な書き込みで、それはもう大盛り上がりだった。

今日はどのコースで噂《うわさ》のカップルガイドらしき人物に遭遇したとか、しなかったとか。どこに行ったら会えるのかとか。人でごった返す中で二人に会えたら超ラッキー……という『幸運の青い鳥』もどきの盛り上がりをみせて、ある日突然、カップルガイドの目撃情報はパタリと止《や》んだ。

なぜ?

どうして?

それは彼らの知るところではなかったが、サイト上では様々な噂が飛び交ったのは言うまでもないことだった。

§§§§　§§§§　§§§§　§§§§

京都市内某所にある観光案内所では、このところ、外国人観光客からの奇妙な問い合わせが殺到して職員は困惑していた。

■神社巡りで十代のカップルがガイドをやっているのはどのコースなのか、教えて欲しい。
■神社巡りで『レキジョ』の話が聞きたいが、どうすればいいのか。
■英語の通訳ガイドがつくのは神社巡りだけなのか。
■英語以外の通訳ガイドはいないのか。
■カップルガイドを貸し切り予約はできるのか。その場合、どこに申し込めばいいのか。

その他、もろもろ……。職員一同、頭の中は『?』だらけである。


「え？　どういうことぉ？」

「知ってる？」

「いや、知らない」

「カップルガイドって、何？」

「ぜんぜん意味不明なんですけど」

「これって、どうすればいいんでしょうかね」

「誰か、マジでヘルプ～～ッ」

電話でも窓口でもネットでも、職員はその対応に苦慮していた。

観光案内所は主要言語には対応できる職員配置である。だから言語対応にはなんら問題はないのだが、彼らの要望に応えることはできなかった。言ってしまえば。

何、それ。いったい、どういうこと？

だったからだ。

昼休みにバックヤードで手作り弁当を食べながら。

「小野田《おのだ》さん。なんですかね、この意味不明な現象は」

いいかげんウンザリ……とでも言いたげに安藤久美《あんどうひさみ》が言った。

「ホント。なんだろうねぇ」

どんよりと小野田梨花《りか》が漏《も》らした。

二人は同期入社のバイリンガル。けれども、年齢も経験値も小野田が上。なので、安藤は敬語で話す。そこらへんが安藤なりのケジメであった。

安藤は帰国子女。小野田は元外資系の商社勤めだったが、結婚して子育てに専念していた。

一応、子どもが小学生になって以前ほど手がかからなくなったので、その語学力を買われて再就職したクチである。

そんな二人が揃《そろ》ってため息を漏らす。

京都は言わずと知れた大観光地である。季節を問わずただでさえ忙しいのに面倒な案件に巻き込まれて、もう大変。

トラブル？　とまでは言えないが、職員にしてみれば充分に厄介事だった。

なにしろ。まったくもって不可解……だからだ。そもそも、彼らが言うところの『カップルガイド』なる者にまったく心当たりがなかった。

旅行会社が独自に企画したツアーにそういった通訳が付くことはあるかもしれないが、一般の外国人観光客を対象にした公式の通訳ガイドなど存在しないからだ。

なのに、なぜ？

何が、どうなっているのか。

小野田たちにはさっぱりわけがわからなかった。

最初は悪質なデマかと思ったが、どうやらそうではないらしい。

「もしかして、民間のボランティアとかですかね？」

「ない、とは言えないけど」

案内所が把握しきれていないだけ……なのかもしれないが、実際にはそういうボランティア・ガイドが活動しているという情報も報告もない。なのに、未確認の噂だけが一人歩きしている。まさに、そんな現状だった。

解《げ》せない。

不可解だ。

奇っ怪すぎる。

「レキジョ……って、あれ『歴女』のことですよね？」

「……たぶん」

まさかの『歴女』である。外国人の口からそんな言葉が出てくるとは思いもしなかった。ビックリである。

「神社関係に相当詳しい女子と、それをネイティブに英訳して外国人観光客を唸《うな》らせる男子のカップル。まさに最強のコンビですよね」

本当に、そんなコンビが存在するのなら……だが。

「まぁ、今までになかったパターンね」

「他所様《よそさま》では、鎧武者《よろいむしゃ》のコスプレでのガイド付き……みたいなのがあるそうですよ？　もちろん、日本人観光客向けらしいですけど」

「それがウリなのよ、きっと」

こちらでも、そういうコスプレ・ガイドがあったら外国人観光客にも大受けしそうだが。それはあくまでこぢんまりした範囲だからこそできるのだ。きっと。京都でそんなことをやったら、スマホを片手に人が殺到して大渋滞が起きてしまうだろう。

恐ろしや。

……恐ろしや。

………恐ろしや。

「その子たち、十代っていう話だから、もしかしたら、どこかの学校の生徒さんなのかも」

「いわゆる、外国人相手の度胸試しってことですか？」

英会話力の実践にはもってこい、だろう。

もっとも、話しかけることができたとしても専門的な観光ガイドなどできないだろうが。それこそ、歴女のようなパートナーでもいない限りは。

「そこは、善意のボランティアって言うべきじゃない？」

「でも、目撃情報は平日らしいですよ？　さすがに学校を休んでまで神社巡りガイドとか無理でしょ」

「それもそうね」

「や、でも、外国人目線だと日本人ってけっこう実年齢よりも下に見られるから、もしかしたら、大学生ってことも」

否定はできない。なにしろ『十代らしき男女ペアのガイド』としかわかっていないのだ。

不確かな情報に踊らされているようで、じれったい。

何かこう……もどかしい。

もっと他にやるべきことがないのかと思うと、苛立《いらだ》たしくもある。

「いっそのこと、公式にきっぱり否定してもらったほうがいいんじゃないですかね」

「そんなカップルガイドは存在しませんって？」

「事実ですから。毎度毎度、懇切丁寧に説明する手間が省けます」

「そうなのよねぇ」

そのほうが窓口業務的にはありがたい。ストレスが確実に減るから。けれど、すでにネットで拡散してしまった情報がまったくのデマでも悪質なフェイクでもないというのが問題をややこしくする。

善意のボランティア。

聞こえはいいが、なんだかなぁ……である。

きっと、やっている本人たちはそのつもりでいるのだろうが、ここまで来ると美談を通り越して傍《はた》迷惑もいいところ？　噂だけが雪だるま式に転がって実態さえ摑《つか》めないというのでは本当に対処に困る。それが、小野田たち職員の偽らざる本音だった。

§§§§§　§§§§§　§§§§§　§§§§§

年が明けた一月下旬。

その日。

地元密着型のケーブルテレビで、とある番組が放送された。

『幻のカップルガイドを探せ』

それは、一時期、外国人観光客ネットワークで話題をさらったミステリアスな事件を掘り下げる番組だった。

堅苦しい報道番組ではない。地方でそこそこ知名度のあるご当地タレントが、地方ならではのトピックスを取り上げて独自の視点で取材をするというスタンスがウリのエンタメであった。

「えー、日本なのに日本人ではなく、なぜか外国人観光客の間で派手に盛り上がっていたという『幻のカップルガイド』ですが、皆さん、知ってます？」

元はラガーマンという体格のいいおじさんと、アウトドアにはまったく縁がありません的なインテリ系黒縁メガネのコメンテーター二人は揃って首を横に振った。

「はい。では、そんなお二人のために詳しくご説明いたしましょう」

言うなり、タレントは要点をまとめたフリップを出して手早く説明をした。外国人ネットワークで『幻の』と呼ばれているわけを。

エンタメの基本はノリとツッコミである。進行というシナリオはあっても、適度にアドリブをぶち込んで軽妙なトークで興味を引きつつ場を回す。それがこなせて初めてレギュラー番組を持てるのである。

とにかく、視聴者を飽きさせないこと。難しい言葉を連発せずに、わかりやすく。それが番組のポリシーだった。

「へぇー、そんなことがあったんだ？」

「歴女とネイティブな通訳者のコンビか。すごいね」

「まさに神出鬼没？　外国人さんの間では会えたら超ラッキーと言われていたそうです」

「ハハハ。なんか、ゲーム感覚？」

「いやいや、皆さん、わりとマジモードだったみたいですよ？　その歴女さんの御高説をぜひとも拝聴したかったみたいで」

「おもしろかったんだ？」

「パンフにも書かれていないような独自の解釈が外国人さんに大受けだったらしいです」

「なるほど。ちょっと、僕も聞いてみたくなった」

「それって、つまり、ネイティブな彼の通訳ぶりがすごかったってことだよね？」

「サイトの書き込みを見るとベタ褒《ぼ》めです。柔らかな口調で変な癖もなく、しかも丁寧。非常にわかりやすかった、ということで」

「そりゃ、すごいね。その彼って、日本人？」

「はい。キュートなイケメン君だったらしいです」

「なんなの、それ」

「だから、見ててほっこりする……みたいな顔をする元ラガーマン。

なんか、ようわからん。みたいな？」

「なるほど。そのカップルのおかげで国際親善に一役買った。そういうことだね？」

元ラガーマンのフォローを買って出る黒縁メガネ。

「や、それが、もうちょっと複雑な話でして」

「え？　美談じゃないの？」

「そこらへんのことを関係者の方に話を伺ってきました」

そこで、タレントは『はい、注目』とばかりにスクリーンを指さした。

《いやぁ、もう、大変でした。一時は窓口業務でも対応しきれないくらいに要望がすごくて。私どもも正確な情報を把握できなくて、ですね。そういう通訳付きのガイドはやっておりませんと説明させていただくのが精一杯と申しますか。ですが、実際にそういう事例があったらしいことは否定できないわけでして。中には、どういうことなんだと納得されない方もおられまして。対応に苦慮したと申しますか。…………》

当時の様子を観光案内所の主任が切々と語る。

「……というわけなんですよ」

「へぇー。善意のボランティアのはずが、なんか意外なところで予想外のトラブルが発生していたんだねぇ」

「ていうか、観光案内所的にはクレーム処理が大変だったってこと？」

それは、ぶっちゃけすぎかもしれないが。美談の裏側を垣間《かいま》見たような気がするのも事実だろう。

「まぁ、それだけ外国人さんたちの間では反響がすごかったってことなんだろうけど」

「ネットって、いいことも悪いこともあっという間に拡散しちゃうからねぇ。らしい、とか。かもしれない、とか。みたいだよ、とかさ。伝言ゲームと同じ。それで些細《ささい》なことも大げさになっちゃうんだよ」

「……です、です」

「で？　結局、そのカップルガイドの正体はわからないままってこと？」

「はい。今のところは」

「…ってことは。もしかしたら、もしかしてだけど。この番組を見て、そのカップルが名乗り出てくる可能性もあり？」

「番組的には、それを期待したいところです。その際には、ぜひ、独占インタビューなどをさせていただきたいかなと」

その口調は、まさに、番組スタッフの頑張りにかかってます。……とでも言いたげだった。

§§§§§　§§§§§　§§§§§　§§§§§

二月某日。

翔南《しょうなん》高校。

早朝の駐輪場。

いつものように白い息を弾ませて篠宮尚人《しのみやなおと》がやって来ると。なぜか、桜坂一志《おうさかかずし》、中野大輝《なかのだいき》、山下広夢《やましたひろむ》のトリオが物言いたげな顔つきで待ち構えていた。

朝っぱらから目立ちまくりもいいところである。

（え？　何？　どうしたの？）

さすがに尚人もビックリだった。

「おはよう」

とりあえず、先に声をかけると。

「……す」

「おはよ」

「はよぉ」

三者三様の挨拶が返ってきた。

「え……と。三人揃って、何？」

そんな尚人の肩をガッチリ摑んで、中野が顔を寄せた。

「なぁ、篠宮。ちょっと、これを見て」

差し出されたのは、スマホ。

言われるままに目をやる。そこには『幻のカップルガイドを探せ』なる文字があった。

「これって？」

「だから、読んでみろって」

ネットの書き込みを？

何が何だかわからないまま、とりあえず読んでいく。

【昨年の十二月の京都】

【神社巡り】

【御朱印帳】

【歴女】

【外国人観光客の通訳ガイド】

【学生ボランティア？】

【幻のカップルガイドの正体は？】

（あれ？　これって、もしかして……）

そこに書かれてあるキーワードになんだか心当たりがありすぎて。尚人は思わず中野を見やった。

「なぁ、篠宮。これって、修学旅行のときのことだよな？」

「……たぶん」

尚人がボソリと漏らすと。

「やっぱり、そうだよなぁ」

山下がどんよりと息を吐いた。

昨年末の修学旅行では、クラス割りではなく目的別の班分けになっていて、それで尚人たちの御朱印巡り班には他クラスの中野と山下も便乗していた。

班分けの話が出たとき、中野と山下からは事前に。

『俺たち、どんな班分けになっても篠宮班に合流するつもりだから、よろしくな』

という根回しがあった。メンバー表を提出したときには、クラスの他のメンバーから、

『さすが番犬トリオ。ブレないよなぁ』

『うん。だと思った』

みたいなことを言われてしまって、尚人も苦笑いであった。

あとから聞いた話によると。中野も山下も、他班からけっこうなお誘いがあったそうだが。二人とも、

『悪い。俺、売約済みだから』

まるで示し合わせたようにそれで押し通したらしい。

なので。中野と山下のクラスでは、

『いったいどこからの引き抜き?』

『それって、どこの誰よ?』

その噂で密《ひそ》かに盛り上がっていたようだ。それで、班分け名簿を見て。

『なーんだ、そういうこと?』

……的なオチだったとか。

ちなみに。修学旅行では意中の異性にそれとなくアプローチをするチャンスなのか、毎年、旅行後にリア充が増殖する傾向にあるのも定番中の定番である。もっとも、大学受験モードに突入すればそれも自然消滅してしまうようだが。

「ていうか。なんで、俺と鳴瀬《なるせ》がカップルガイドとかになってるんだろ」

まったく意味がわからない。

「そりゃあ、篠宮と鳴瀬が一番目立ってたからだろ」

今更何を言ってるんだ? みたいな顔で桜坂がそれを口にすると、中野と山下がコクコクと

頷《うなず》いた。

御朱印巡り班には御朱印ガールとは別口の神社巡りには欠かせない歴女もいた。それが鳴瀬真生《まお》だった。

(だからって、カップルとかないんじゃない？　俺と鳴瀬だけが異様にクローズアップされてるみたいなんだけど)

集団行動中に、それっておかしくないか？　というのが正直なところだ。

自分たちの知らないところで、何かものすごい言われ方をされているのが気になってしかたがない。

「なんかさぁ、先月末に関西圏のケーブルテレビで『幻のカップルガイドを探せ』とか言う番組が放送されてから、その話がネットで盛り上がってんだよ」

「そっ。外国人観光客相手に神社巡りガイドをやってた歴女とその通訳って、いったい、どこの何様？　みたいな？」

いやいやいやいや……………。

どこの何様って…………。

修学旅行中のただの高校生ですが……………。

「それって、俺と鳴瀬だけじゃなくて、みんなもいたよね？」

だって、御朱印巡りのメンバーなのだから。なのに、それを無視して二人だけ悪目立ちって……どういうこと？　なんだか納得がいかない。

「だから、あのときは篠宮と鳴瀬の独壇場っていうか。俺たちみんな、一般観光客並みに『へぇー』『ふーん』『そーなんだ？』『すげー』の聞き役だったからなぁ」

「二人とも、変に目立ちまくりだった」

桜坂にも駄目押しされてしまった。

「そうそう。歴女モードに入った鳴瀬を誰も止められなかったしな」

山下の台詞《せりふ》に、やる気スイッチが入ってしまった当時の鳴瀬を思い出し、尚人もつい、

（あれは、マジですごかった）

深々と頷いてしまった。立て板に水のごとく……とは、まさにああいうことを言うのだ。はっきりいって『趣味の域を超えているのでは？』と思わずにはいられなかった。

「それで、ついには篠宮と鳴瀬の偽物まで現れたらしい」

「はぁ？」

尚人の声が変なふうに跳ねた。

「だから、自称『カップルガイド』がこのサイトに出没してるわけ」

「それも、複数」

「すごいよな」

それにいったいなんの意味があるのかと、尚人は首を傾《かし》げる。ますますわけがわからない。

「基本、ネットの書き込みって匿名《とくめい》だから、なんとでも言えちゃうわけだけど」

つまりは、やろうと思えば性別も年齢も本性もごまかし放題。

盗んだＩＤやパスワードでいろいろやらかすネット上の『なりすまし』というのは本来犯罪行為であるが、尚人や鳴瀬のなりすましになってなんの得があるのだろう。

「本人的にはおもしろがってるだけなのかもしれないけどな」

おもしろがって、茶々を入れて、引っかき回す。それのどこが楽しいのか、尚人にはさっぱりわからないが。

「で、かなり炎上ぎみ」

「誰が本物かってことで？」

「そういうこと」

「自分こそが本物って主張する意味、あるのかなぁ」

尚人にしてみれば単純な疑問だった。

嘘《うそ》に嘘を重ねていけば、必ずボロが出るのは時間の問題ではないだろうか。そうなったらさっさとログアウトすればいいとでも思っているのだろうか。

「たぶん、売り言葉に買い言葉の応酬で引っ込みがつかなくなってるだけじゃね？」

「……かもな」

ありがちと言えばありがちである。

「なりすまし同士であーでもないこーでもないの水掛け論ってさ、本人知ってる俺らからすれば、なーんかバカすぎて笑えるけど」

「……だよな」

「自己主張はき違えてるだけじゃないか？」

「そーとも言う」

「実害がないからほっとけばいいんじゃない？　そのうち飽きると思うけど」

尚人にすれば、それに尽きた。

いきなり降って湧《わ》いたようなネット上のなりすまし論争など、尚人にとっては所詮は余所事《よそごと》である。

——はずだったのだが。

後日。それは意外な形で現実的なものになった。ネット論争を傍観していたらしい誰かが、ぽつりとつぶやいた一言によって。

【なんか、いろいろすごいことになってるけど。『カップルガイド』の大本命は修学旅行中の超進学校で有名なS校の生徒だと思う】

まさか、噂の『カップルガイド』が通りすがりの修学旅行生だとは誰も思わなかったのだろう。いや、それ以前に。年末も押し詰まっての修学旅行なんて。

『え？』

『ウソ』

『マジで？』

『や……おかしいだろ』

『ありえなくない？』

……的な声が多かったのも事実だった。

それもこれも、尚人たちが高校の制服でも着ていればもっと早く絞り込めたのかもしれないが。修学旅行中は私服だった。

それからサイトは炎上を通り越して一気に爆上した。誰もかれもが本命探しに躍起になり、ネット上ではついに翔南高校の名前が取り沙汰《ざた》されるようになった。しかも、ある種の煽《あお》り文句付きで。

【超進学校で有名なS校って言ったら、某県のあれだよね？】

【噂のS校って、やっぱり、あれしかないでしょ】

【S校って、つまり、例のあれだよね？】

【そっか。マジであれなんだ？】

誰も『翔南高校』と名指ししてはいない。しかし。皆がことさらに『あれ』とぼかしてはいるが、ほぼ確実的なニュアンスで噂は更に盛り上がった。

そして、ついには翔南高校に取材の申し込みが来て、その件で尚人と鳴瀬は校長室に呼び出される羽目になった。

(なんで、俺が?)

(どうして、あたしが?)

尚人と鳴瀬にしてみれば、不本意もいいところだった。

「つまり、噂になっている『カップルガイド』というのは君たちのことで間違いないのか?」

まず、学年主任がそう切り出した。

「別にカップルじゃないです。僕たちはあくまで班として行動していたわけですから」

尚人がきっぱり否定すると。

「そうです。そういう決めつけって、セクハラじゃないですか?」

鳴瀬も不愉快とばかりに眉をひそめた。

だいたい、ちゃんとしたグループ行動だったのにどうして自分たち二人だけがこんなふうに呼び出されるのか、いまいち納得できない鳴瀬であった。

これで、たとえ冗談でもカップル認定されることになったら、周囲は大騒ぎだろう。それは絶対に遠慮したい。

イヤよ。

ダメよ。

それだけは全力で拒否したい。

互いに好意があるとかないとか、そういう甘酸っぱい次元《恋バナ》の話ではなくなるからだ。尚人にはもれなく、あのカリスマ・モデル『ＭＡＳＡＫＩ』が付いてくる。そうなれば、ただの噂であっても一般小市民の鳴瀬には荷が重すぎた。

拒否。

……拒否。

………断固、拒否である。

遠くから好き勝手にミーハーしていればいいのと、がっつり当事者になるのとではまったくの大違いである。

『触らぬ神《ＭＡＳＡＫＩ》に祟《たた》りなし』

そこらへん、七組のクラスメートというより翔南高校の生徒の認識は徹底していると言っても過言ではなかった。

そもそも、ネットの書き込みでも『翔南高校』とズバリ名指しせずに、あえて、皆が皆『例のあれ』発言に留《とど》めていたのは、尚人の実兄である『ＭＡＳＡＫＩ』のマスコミ潰《つぶ》しとしての威圧感《刷り込み》がすごすぎて、誰も『ＭＡＳＡＫＩ』の実弟が通っている翔南高校——なんて書けなかったに決まっているのだ。

鳴瀬のセクハラ発言に、学年主任は取って付けたように『ゴホン』とひとつ咳払《せきばら》いをした。

「いや、だから、その、君たちが班行動をしているときに、結果として外国人観光客のガイドをすることになってしまったと。そういうことなのかね？」

「そうです。きっかけは僕たちが持っていた御朱印帳に興味を引かれたのか、それは何？　と聞かれたので」

「で、君が通訳をしたと？」

「班に御朱印に詳しい女子がいたので、とりあえず、聞かれたことを伝えました。そしたら、なし崩しにいろいろ聞かれるようになって」

「えーと、篠宮君。君は、そういう通訳ボランティアに興味でも？」

「ありません。ただの成り行きです」

きっぱり否定すると、学年主任と校長は驚いた顔をした。

（いや、だから、たまたまそうなっただけなんだって）

たまたま偶然同じバスに乗り合わせただけで、まさか、急造ガイドをやる羽目になるとは思いもしなかった。というのが尚人の本音である。

まぁ、自分の英会話力を試してみたいという欲は確かにあったが。それもこれも鳴瀬という歴女がいたからこそできたことであり、通訳というのが思っていた以上に楽しかったのは事実だ。

ぶちまけてしまうと。尚人は例の自転車通学暴行事件の被害者になってしまうまで、ひっそりと目立たずに生きてきた。誰かに頼りにされたりとか、感謝されたりとか、そういうことには無縁だった。

それが、あの事件を機に人生がひっくり返ってしまった。

カリスマ・モデル『ＭＡＳＡＫＩ』が実兄であることはもちろん、父親のせいで篠宮家のプライバシーが世間に駄々漏れになり、尚人を取り巻くモノが一気にざわついてしまった。

それからの紆余《うよ》曲折を経て周囲もだいぶん落ち着きを取り戻したが、尚人自身の自己評価がそれによって爆上がりしたわけでもない。

英検一級という資格は持っていても積極的にそれを活用したいと思っていたわけでも、日常生活の中でそんなチャンスがあったわけでもなかった。要するに、持ち腐れていたのだ。

それが、修学旅行中に思いがけなくもその資格を実践する機会に恵まれた。

自分の英語力がきちんと通用したことが嬉《うれ》しくて、人の役に立ったことが楽しくて。なんだかワクワクした。

それがまさか、こんな大事になるとは思ってもみなかった。

「本当に、たまたま、偶然です」

「そうです。フレンドリーに聞かれたので、どうせ神社巡りをするのだから少しでも楽しんでもらえたらいいな……くらいの感覚で。あくまで、たまたま……です。篠宮君が英語に堪能《たんのう》だったからできたんですけど」

鳴瀬も『たまたま偶然』であることを強調する。

「ちなみに、だが。篠宮君、君はそういう資格を持っているのかね？」

校長が初めて口を開いた。

「通訳のボランティア資格とか、ですか？」

一応、公的なボランティア資格には基準があるという話は聞いたことがある。

「いや、つまり、ＴＯＥＩＣ的な？」

「英検の一級なら持っていますけど」

学年主任と校長は同時に目を見開いた。そこまでは予想していなかったとばかりに。

「それはすごいな。君、もしかして、外語大とかに進学希望なのかね？」

本当は就職活動にひとつでも有利になればいいと思って、学生時代に取れる資格は取っておこうと思っただけなのだが。

「だといいなぁ……とは思っています」

とりあえず、そう言っておく。この場でいろいろ突っ込まれるのも面倒くさいので。

「それで、もしかして今回のことで、僕たちに何か責任でもあるのでしょうか？」

知りたいのは、それだ。

尚人的には、ここまで騒ぎが大きくなってしまったことの責任だのなんだの言われても、そんなことは知ったことではないというか。正直、傍迷惑としか思えない。

こんなことで自分の名前が出てしまうと、必然的に学校よりもまた雅紀《まさき》の名前まで取り沙汰されてしまうのではないかとの不安のほうが大きい。

　ただでさえ翔南高校の名前が挙がった時点で、あのカリスマ・モデル『ＭＡＳＡＫＩ』の弟が通っている高校というのが無駄にクローズアップされているのだ。でなければ、マスコミがわざわざ取材の申し込みになど来ないだろう。

（ホントにもう、面倒くさい）

　別に疚《やま》しいことをしたわけではないのに、興味本位でマスコミまで騒ぐから雅紀にまで余波が及ぶ。尚人が気にしているのはそこだけだった。

「いや、いや。我々としては当時の状況を正確に把握しておきたいというのが本音でね。君たちが心配することは何もない」

　言質《げんち》が取れて、とりあえずホッとした。

「こうなった以上、学校としても何らかの対処をすることになる。それで、君たちにも確認しておきたいのだが。君たちも、これ以上、この件に関しては煩《わずら》わされたくない。それでいいんだね？」

「──はい」

　尚人と鳴瀬は即答した。好きこのんで火中の栗は拾いたくない。二人の意志は固かった。

　後日。

　翔南高校の公式ＨＰで、今回の騒動についてのコメントが出された。

そのコメントの内容は。修学旅行中に生徒と外国人観光客とのささやかな交流がこれほど大きな反響を呼んだことへの困惑が隠せないこと。それによって、関係者各方面に心ならずも迷惑をかけたことを遺憾《いかん》に思うこと。そして、最後に、これによって同校の生徒に対する過剰な取材が行われないように配慮を願うことなどが盛り込まれてあった。

§§§§§　§§§§§　§§§§§　§§§§§

翔南高校のコメント発表で世間を騒がせていた『カップルガイド』の真相がとりあえず解き明かされて、世間の興味も好奇心もそれなりに満たされて落ち着きを取り戻した。あくまで、一応、だったりするが。

しかし。篠宮雅紀の気分はある意味低空飛行ぎみだった。

まったく、ぜんぜん、そんな話は尚人から聞かされていなかったからだ。

外国人観光客相手に急造の通訳ガイド？

（なに、それ）

歴女の彼女とカップル呼ばわり？

（はぁぁ？　なんで、そんなことに）

知らない。

聞いてない。

それって——どういうこと？

苛立ちと嫉妬《しっと》まじりに尚人を問い詰めると。

「そういうのがネットで話題になってるなんて、中野たちに言われるまでぜんぜん知らなかったし」

……で、ある。

（あー、まぁ、ナオらしいっちゃらしいんだけど）

わかる。

わかってはいるが、なんだかモヤモヤが収まらない。

それにしたって、修学旅行中のことならば、土産物《みやげもの》の『こじぞーさん』を手渡すときにでも話してくれればよかったではないか。

今更、そんなことを蒸し返して何になるのかとわかっていても、尚人のことならばなんでも知っておかないと気が済まない雅紀にしてみれば苛つく。自分が知らないことを自分よりも先に世間が知っていたという事実がどうにも腹立たしくてならない。

尚人のことになると、相も変わらず視野狭窄《しやきょうさく》。わかっていても、どうしようもない。

ついでに言えば、無駄に嫉妬深い。自覚済みである。

なんといっても、エゴ丸出し。すでに開き直ってさえいる。

なので。

「ゴメンね、まーちゃん。まーちゃんにも心配かけちゃって」

何もかも終わったあとでそんなことを言い出す尚人にイラッときて。雅紀は、思わずその口をキスで塞《ふさ》いだ。


いきなりのキスで心拍数が一気に上がった。

抱きしめられて密着した身体《からだ》がすぐに反応してしまう。このところ雅紀が忙しすぎて、まともに触れ合ってもいなかったから。

スキンシップが足りない。

——満たされない。心が。

雅紀が足りない。

——渇いている。身体が。

雅紀にキスをされただけで、すぐに熱がこもった。歯列を割って差し込まれた舌で口内をまさぐられただけで、背筋がゾクゾクした。

(ま……ちゃん。まーちゃん……)

気持ちよりも先に、熱のこもった身体が暴走する。

密着した腰を雅紀に押しつけて、背中に回した指でシャツを搔《か》き毟《むし》る。

(まーちゃん。……して。まーちゃん)

深く唇を重ねて、舌を絡ませたまま、キスを貪《むさぼ》る。——貪られる。

息苦しいのに、気持ちいい。

バクバクと逸《はや》る鼓動が。尖《とが》りきった乳首が。股間《こかん》で勃起《ぼっき》したものが。雅紀の手で揉《も》みしだかれるのを待っている。

早く。

……早く。

………早くッ。

なのに、雅紀はキスで尚人を翻弄《ほんろう》するだけ。まるで、欲しい物を与えられない尚人の飢渇感を煽るかのように。

触って。

握って……。

擦《こす》って………。

嚙《か》んで。

……吸って。

…………弄《いじ》って。

(まーちゃん)

(まーちゃんッ)

(まーちゃんッ!)

泣き出してしまいたくなるほど、尚人は雅紀に餓《う》えていた。

《＊＊＊　誰にだって勝てない相手はいる　＊＊＊》

雅紀にとって、加々美蓮司《かがみれんじ》との会食は多忙な仕事の合間を縫っての貴重な息抜き《オアシス・タイム》である。

連絡があれば、スケジュールの都合さえつけばいつでもウェルカムだ。といっても、加々美も精力的に仕事をこなしているので互いの調整は必要だが。

その夜。

雅紀は久しぶりに和食ダイニング『真砂《まさご》』を訪れた。やはり、じっくり腰を落ち着けて話をするならということでいつもの定番になった。

「お久しぶりです、加々美さん」

約束の時間よりも少し遅れて加々美がやってくると、雅紀はきっちりと居住まいを正した。

「おぅ。お疲れさん。相も変わらずのブラック・スケジュールみたいだけど、元気にやってるか？」

もはや挨拶代わりの定番と化した台詞を口にする加々美に。

「体調管理はバッチリですから、ご心配なく」

雅紀がそつなく応えると、加々美は口の端で笑った。

今回は雅紀から声をかけた。前回、加々美から提案があった件、尚人を『アズラエル』に預けるかどうかの返事をするために。

まずはいつものようにビールで乾杯をして、互いの近況を口にする。

「最近は本業よりも別口のスケジュールで埋まってるって聞いたけど？」

「誰に、ですか？」

「まぁ、いろいろ？」

「それって、元はといえば加々美さんのせいですから」

あれとか。

それとか。

あんなこととか。

それだって嫌々やっているわけではないので、むしろスキル・アップとしての結果は残せているから文句も言えないが。

「それはただのきっかけだろ」

きっぱりと断言されてしまう。

「おまえの多芸ぶりにいい意味で刺激を受けてる奴《やつ》がちらほら出てきてるって感じ？」

異種業界とのコラボが定着すれば、それだけファン層も広がる。目新しい刺激がなければ人気も停滞するだけ。今まで取り込めなかった世代が少しでも興味と関心を持ってくれれば、とりあえず業界のパイも増える。

金を払ってでも見たい。聴きたい。会場の雰囲気を共有したい。シンクロしたい。一緒に盛り上がりたい。

生の魅力はその場限りの真剣勝負みたいなものだから、プレミアムな価値がある。

雅紀の場合は多芸というより、単に生活がかかっていたから……というのが正しい。ピアノ関係などは特にそうだ。

剣道に打ち込むために、あれほど好きだったピアノを止めた。周囲にはうんざりするほどあれこれ言われたが、雅紀は後悔などしなかった。まさか、今になってその経験が役に立つどころか仕事としての付加価値になるなんて、まったく予想もしていなかった。本当に、何が幸いになるのかわからない。

「芸能人とかアスリートの間で、あくまで趣味で楽器をやってます的な動画投稿とか、あれ、絶対におまえの影響だよな」

え？　あの人があれを？　……的なギャップ萌《も》えはファン心理のスパイスであるのは否定できない。

「何がどう受ける時代なのか、誰にもわからないってことでしょう」

「ＳＮＳで動画をアップすれば仕事が増えるってわけでもないし？」

「下手をすれば炎上しますしね」

誰もがみんな『いいね！』を付けてくれるわけではない。ネットでストレスの憂さ晴らしをする悪質な連中《クラッシャー》だっているのだから。便利で汎用性のあるツールだからこそ、それなりの節度と危機意識は自己責任という意識を持つべきだろう。

「そういや、最近、ピアノを弾いてるときのおまえの顔マネをやって笑いを取るどころか『キモい』とか『ひどすぎる』とか『許せない』とか、もうムチャクチャに叩《たた》かれてたお笑い芸人もいたよな」

「そうなんですか？」

別に興味の欠片《かけら》もありませんが……と言わんばかりの冷めた反応に、加々美は片頬で笑った。

「ていうか。ついに『空港ピアノ』で世界デビューか、みたいなネット動画を見たときにはさすがに俺も唖然《あぜん》としたけどな」

「あんなモノを撮られてたなんて、まったくぜんぜん知りませんでしたよ」

雅紀はどんよりとため息をついた。

日本では悪目立ちをする容貌《ようぼう》も、海外に出ればそれなりに埋没すると思っていた。

ジーパンにジャケット、サングラスというラフな格好など周囲の誰も気にとめている者はいなかった。——はずだ。いくら日本ではカリスマ・モデルと騒がれていても海外での知名度はそれほどあるわけではないし。

加々美が言うところの『空港ピアノ動画』とは、イタリアに行ったとき、とある地方空港の出発ゲートロビーでのことである。

そこに、ピアノが置かれてあったのだ。

「なんでまた、あんな目立ちまくりなことをやらかしたんだ？」

おまえ、そういうの嫌いだったはずだろ……と言わんばかりだった。

「ベヒシュタインだったんです」

「……は？」

「だから、あのピアノが世界三大ピアノと言われるベヒシュタインだったんです」

本当に、どうしてあんな高級品があんなところに置かれていたんだか。雅紀もビックリだった。

黒々、艶々《つやつや》のベヒシュタインである。その音色はピアノ版ストラディヴァリウスとも称されるドイツのメーカーの逸品だった。

「昔、ちょっと憧れてまして」

内心、雅紀は興奮を隠せなかった。ロビー内の人々はまったくの無関心だったが、雅紀はすぐさまツカツカと歩み寄ってじっくりと眺めてみたくなった。あくまで、心情的には……であったが。

ベヒシュタインを弾けるチャンスなどめったにない。せっかく『ご自由にどうぞ』のプラカードもあることだし。

かといって、さすがに混雑したロビーで変な悪目立ちもしたくなかった。

だから、目の保養で我慢しよう。そう思っていたのだ。

ところが。搭乗予定の飛行機のトラブルで出発時間が大幅に遅れて、大人は苛つくし、子どもはグズるし、普段は笑って済まされるような子どもの泣き声すらもが険悪ムードになった。誰か一人が泣き出すと、それにシンクロしたかのように他の子どもも泣き出して。そこに大人の怒鳴り声が加わるという、まさに最悪な展開になった。

苛々と気分がささくれているときに、子ども特有のあの甲高い泣き声を聞かされるなんて耳《みみ》障《ざわ》りでしかたがない。

『うるさい』

『やかましい』

『早くなんとかしろ』

そういう気持ちもわからないではないが、それは大人の都合であって、怒鳴りつけたら泣きわめく子どもがおとなしくなるわけでもない。一方的に責められる親もたまったものではないだろう。まぁ、逆に食ってかかる親もいたから、収拾が付かなくなったわけだが。

それがエスカレートして更に険悪になる前になんとかしたい。そんな気持ちはさらさらなかったが、なぜだか、そのとき、ギャン泣きする子どもの顔が尚人のそれと重なって見えたのだ。

まだ乳児だった裕太《ゆうた》にかかりっきりの母親に構ってもらえなくてグズる尚人の姿と。

そしたら、もう、黙って見ていられなくなって。事なかれ主義の傍観者ではいられなくなったのだ。

それで、当時流行《はや》っていた、尚人のお気に入りだったアニメソングを雅紀流にアレンジして弾いた。皆の注目がピアノに向けば、少しはささくれた気分もマシになるのではないかと。外国人には元歌がなんであるのかわからないだろうが、要するに、雅紀が弾いて楽しければそれでよかったのだ。

結果的に、雅紀としては憧れのベヒシュタインを弾けて満足。それくらいの気持ちだったのだが、そのときのことが動画サイトにアップされて拡散したのだ。雅紀にとっては過ぎるほどの賞賛のメッセージ付きで。

「憧れ……ねぇ」

「ベヒシュタインを弾けるチャンスなんてめったにないですし」

「まぁ、そういうことにしておいてやるよ」

加々美がニヤリと笑ってグラスを干した。

「あれで、海外でのおまえのモデルとしての知名度も爆上がりだったよな」

否定できない。

予期せぬ嬉しい誤算と言えないこともない。おかげで、外国誌に露出するチャンスが増えたのは事実だ。

きっかけがなんであれ、目の前のチャンスを活《い》かせるかどうかは運ではなく自分次第。もちろん、全力で摑みにいった。その分、尚人とのスキンシップが減ったのは痛し痒《かゆ》しだったが。

ちなみに。いち早くその動画を見ていたらしい尚人には、日本に戻ってきた早々、満面の笑みで、

『まーちゃん、すごい』

を、連発された。裕太には。

『雅紀にーちゃん、ピアノが絡むと素の顔が駄々漏れ。なんかもう、何を考えて弾いているのかバレバレっつーか、見てるこっちが恥ずかしい。外国だからって、うっかり気ィ抜いてたんじゃないの？』

などと言われてしまった。

ピアノを弾いているときには尚人のことしか考えてないので、何を言われても今更という気はするが。裕太のくせに生意気――だったことは否定しない。

そして。『ミズガルズ』のボーカルであるアキラからは。

【空港ピアノでアレンジしまくりのアニメソング縛りなんて、超ウケたー。あのお子様アニメ主題歌のド派手なロックバージョンなんて、ホント、最高だよねー。リーダーなんか、ビール飲みながら『ブラボー』連発だよ。あれで元歌捜しをやってる連中もいたりして、ホント、楽

しませてもらいましたぁ‼】

いつものようにハイテンションなメールが来た。

実際。『空港ピアノMASAKIバージョン、元歌はこれだッ‼』というタイトルでネット検索ランキングがすごいことになっていた。……らしい。

とにもかくにも。あの動画が雅紀にとって幸運の女神の前髪だったのは間違いない。

ビールが日本酒に変わったところで、雅紀は本題に入った。

「で、加々美さん。例のナオの件なんですが」

「おぅ。どうだった?」

「ナオとも話し合ったんですが。加々美さんの申し出はすごくありがたいんですけど、断らせてもらっていいですか?」

「理由を聞かせてもらってもいいか?」

「この先、ナオがどういう進路を選ぶにしても、学生の間はまだ縛られたくないってことなんですけど」

加々美は束《つか》の間《ま》、無言で猪口《ちょこ》を呷《あお》った。

「……で?　おまえの本音は?」

「俺の、ですか?」

「そうだよ。俺が言うのもなんだけど『アズラエル』は後ろ盾としてはチョーお買い得だと思うぞ？　まぁ、弟には自由にのびのびと学生生活を送らせてやりたいっていうおまえの気持ちもわかるけど」

今度は、雅紀が沈黙する。

「尚人君に無理やり首輪をはめようなんて、思ってないぞ？」

「そんなこと、思ってないですよ」

「だから、おまえ的には何が心配なんだ？」

さすがは年の功？　そこらへんはバレバレらしい。

「ぶっちゃけ、加々美さんが相手でもナオの未来は託したくないっていうか。や……加々美さんだから、よけいにムラムラするのかも。だって、加々美さんなら、ナオをよりよく成長させてくれるっていうのがわかってるから。それを思うと、なんか……兄貴としてのプライドがキリキリ疼《うず》くっていうか、嫉妬心をゴリゴリ削られてしまうっていうか。たぶん、怖いんでしょうね。この先、ナオの世界がどんどん広がって一人取り残されてしまうのが」

本音がポロポロこぼれ落ちた。

酒のせいではないだろうが、加々美の前でなら少しくらい弱音を吐いても構わないのではないかと思えた。尚人には言えない本音も、加々美ならそれを許容してくれそうな気がしたのだった。

すると、思いがけず、加々美がプッと噴いた。

「おまえって……。おまえ、ホントに弟のことになると過保護すぎる兄バカモードを爆走しちまうんだな」

図星を指されて、雅紀は口をへの字に曲げた。

「兄貴としてのプライドが疼くんだ?」

生ぬるい目で見られたら、さっさと開き直るしかないだろう。

「疼くでしょ、そりゃあ」

今の雅紀があるのも加々美がいたからこそ、なのだから。

「俺にとって加々美さんは別格ですから」

こうなりたいという人生の指針でもある。

「今の台詞を聞けただけでも、メシが軽く三杯はイケるな」

「茶化さないでください」

「茶化してねーよ。おまえにそう言ってもらえるなんて、本音で嬉しいって話だからな」

惚《ほ》れ惚《ぼ》れするほど艶っぽい眼差しを向けられて、少しだけ体温が上がったような気がした。

たぶん……酒のせいだと思いたい。

「出会った頃のおまえって、警戒心バリバリで可愛《かわい》げの欠片もなかったけど。そっかぁ、見かけが真逆なだけで、もしかして尚人君もそのタイプか?」

ほらほらほらほら…………。

（ちょっと気を抜いたら、ぐいぐい核心を突いてくるんだから）

まったく、油断がならない。

これって年の功なのか。それとも、加々美にはどうやっても勝てないということなのか。どちらにせよ、再認識させられてしまう雅紀だった。

「俺たち兄弟って、根っこの部分じゃみんなそうなのかもしれません」

バリバリに警戒心が強くて。

だって……傷つきたくないから。

周囲を威嚇《いかく》して。

だって……上から目線の同情や優越感めいた憐憫《れんびん》がウザいから。

意固地になる。

だって……周りがみんな敵に見えてしまうから。

（変にねじ曲がらなかったのはナオだけ）

尚人の場合は、ほかの三人があまりにもエゴ丸出しで弾けきってしまったから逆にストッパーがかかってしまったのかもしれない。

たぶん。

……きっと。

一番の貧乏くじを引かされたのだ。

今だからこそ、そう思える。

過去を振り返っても苦々しいばかりで、そのたびに自分の未熟さを痛感させられるだけだが、それがあるからこそ真摯に自分を見つめ直せた。それは否定できない。

加々美は胸の内でひっそりとため息を漏らした。

雅紀の言いたいことはわかる。篠宮家の家庭環境を思えば、そうならざるを得なかったということが。

「この際だから言ってしまいますけど。ナオが加々美さんの提案に二の足を踏んでいるのは、たぶん……妹が『アズラエル』に所属してることもあるかと思います」

「なんで？」

「加々美さんもうすうす気付いてると思いますが、いろいろあって、今現在、妹と俺たちとの関係はかなりごたついてます。お互い、関係を修復する気もないほどこじれてますから。妹が何を思って俺と同じ道を選択したのかはわからないし、ぶっちゃけ、俺的には興味も関心もないです。俺はそこらへんきっぱり割り切ってますから、もしも仕事関連で妹と顔を合わせることになってもまったく平気ですが、たぶん、ナオはこだわりがあるかもしれません」

実際には沙也加《さやか》のほうが尚人を異様に敵視しているだけ、だったりするのだが。

その元凶が自分にあるのは雅紀も自覚している。鬱陶《うっとう》しいほどのブラコンをこじらせているからだ。昔は特大の猫を背中に飼っていたから沙也加のわがままにもそれなりに付き合ってやったが、今はその化けの皮も剝《は》がれた。いっそ、清々した。

妹だから――という特別な感情はない。きっぱり言い切ってしまえるほどには兄妹関係も断絶した。それが沙也加の何を、どこを、どんなふうに抉《えぐ》ってしまっても、雅紀の胸は少しも痛まなかった。

クールを通り越して超絶ドライ。沙也加に対する気持ちはそこまで冷め切ってしまった。

理屈ではない。なるべくしてそうなった。それが一番的を射ているかもしれない。

内心、加々美は唸る。

(うーん。これはちょっとさすがに想定外)

雅紀の口から弟への溺愛《できあい》ぶりはこれでもかとばかりに聞かされるのに、逆に、妹は名前すら出てこなかった。兄妹弟《きょうだい》間で何かあるんだろうなぁ……とは思っていたが、そこまでの確執があるとは思わなかった。

家族間の感情の縺《もつ》れは他人が思っている以上に厄介だ。どこに、どんな地雷が埋まっているのかもわからないからだ。

迂闊《うかつ》なことは言えない。

(戦略《プラン》の練り直しが必要だよな)

すっかり黙り込んでしまった加々美を流し見て、雅紀は、これで加々美が尚人の取り込みを諦めてくれることを願った。

(もしもこの件に高倉《たかくら》さんも一枚噛《か》んでるとなると、ちょっと厄介だよな。あの人、加々美さんよりもずっとビジネスライクだから)

それを思い、とりあえず料理を食べることに専念していると、不意に加々美が言った。

「そういえば。尚人君がクリスに押しつけられたっていう色違いバージョンの服なんだけど。あれ、どうなったんだ？」

まさか、いきなり話がそっち方面に飛ぶとは思ってもいなくて、雅紀はドッキリして思わずむせそうになった。

「まさか……タンスの肥やしか？」

「や……まぁ、そんなとこですかね。あんなモノ、外に出せませんし」

無理やり押しつけられたとはいえ、捨てるわけにもいかない。

いや、さすがにモデルとしての矜持《きょうじ》として、あれをポイ捨てにする度胸はなかった。だったら、タンスの肥やしにするしかないではないか。

「……だよなぁ。そっか、タンスの肥やしか」

ドキッ。

「すんげーレアものなのに、もったいないよなぁ」

ドキ、ドキッ。

「なぁ、雅紀。それって、一度拝ませてくれないか？」

ドキ、ドキ、ドキッ！

「俺的には、興味ありありなんだけど」

そうでしょうとも‼

なんたって『アズラエル』と『ヴァンス』の初コラボ作品である。ファッション雑誌『KANON』のメイン企画ですごい反響を呼んだ、ユアンの衣装の色違いバージョンである。加々美も言ったように、プレミアムな逸品である。

「どうだ？」

「いや、どう……と言われても。あれはナオがもらった物ですから」

どうしても、口が重くなる。

「ていうか。おまえ、並べて見たくない？　色違いバージョン。さすがに、あれを着こなせる奴がユアンのほかにいるとは思えないけど。せめて、マネキンでいいから3Dで見てみたいよな？」

メンズモデル界の帝王としての感性が疼くのか、加々美が遠慮もなくグイグイ押してくる。目で、口で、態度で。

「おまえ、尚人君にジャケットくらい羽織らせてみたんだろ？」

雅紀が黙り込むと。

「おいおいおい。まさか、右から左にタンスの肥やしってことはないよな？」

加々美がじっとりと睨《にら》む。

「えーッ？　おまえ、マジ？　そりゃないだろ」

加々美がしつこい。

「プレミアが付いてもおかしくない『ヴァンス』の新作だぞ。もったいないだろ。カリスマ・モデルとして、それって、どうよ？」

加々美の口撃が止まらない。雅紀は根負けして、スマホを取り出して尚人を撮った秘蔵の一枚をアップすると加々美の鼻先に突きつけた。

……とたん。加々美があんぐりと絶句した。

（いや……わかるけど）

雅紀がなにげにひとつため息を漏らした、そのとき。加々美が雅紀の手からスマホを引ったくった。

「ちょっ、加々美さん」

雅紀の抗議の声を無視して加々美はスマホ画面をしばらく凝視し、やがて、どんよりと雅紀を見やった。

「なんだよ、このサスペンダーは」

「ウエストが緩かったんで、とりあえず吊《つ》ったんです」

「……ユアンより細かったわけ？」

「そうなります。さすがに、俺もぶったまげましたけど」

本当に。灯台もと暗しもいいところ。目からポロポロ鱗《うろこ》が落ちまくり……であった。

加々美は今度こそ特大のため息を漏らした。

「なんかもう、なんも言えねー…ってやつ?」

雅紀がむっつりと黙り込む。

「とりあえず、脱帽しましたってか?」

誰に?

何に?

それはもちろん、クリスの審美眼に対してだ。

「まったく、デザイナーってのは油断ならねーよな」

「他言無用でお願いします」

「だから、言えねーって。こんなの出したら、何かとトラブルの元だろ」

いろいろと。

それはもう……もろもろ。

諸般、問題がありすぎて。

もちろん、クリスは確信犯に違いないが。

それでも。

（あー、もったいない。この素材がこのまま埋もれてしまうなんて、業界の損失もいいところだよなぁ）

それを思わずにはいられない加々美だった。

《＊＊＊　大人たちの事情　＊＊＊》

『アズラエル』本社ビル。

統括マネージャー、高倉真理《たかくらまさみち》の執務室。

シンプル・イズ・ベスト。その言葉通り、実用性と機能美でスッキリまとまった部屋の中、いつものように、加々美《かがみ》は長い足を持て余しぎみに本革張りのソファーに座り、セルフで淹《い》れたコーヒーを飲みながらまるで自室のように寛《くつろ》いでいた。その様があまりにも馴染《なじ》みすぎていて、今ではすっかり見慣れた光景――執務室に置かれた美麗なオブジェと化していた。

もっとも、それを目にするものは高倉の他には誰もいなかったが。

議題はもちろん、尚人《なおと》の囲い込みについての報・連・相である。

「それで？　『ＭＡＳＡＫＩ』に言われるままに、すごすごと引き下がってきたわけか？」

銀縁眼鏡のブリッジを軽く押し上げて、高倉が言った。

言葉は辛辣《しんらつ》だが、口調に険はこもらない。ある意味、これも想定内だと言わんばかりに高倉もいつも通りの平常運転だった。

「クリアしなくちゃならない問題点が増えたのは確かだな」

別に完全に白旗を掲げたわけではないと、とりあえず言い訳をする加々美であった。

「さすがに、妹の存在がネックになるとは思ってなかった」

例のオーディションの最終面接において、沙也加《さやか》が雅紀《まさき》を強烈に意識しているのは丸わかりだったが、それはあくまで兄妹間の感情の縺《もつ》れだろうと察することはできても、さすがに弟《尚人》まで絡んでいるとは思わなかった。……というのが、高倉の正直な気持ちだった。

言われてみれば、尚人の口からも姉《沙也加》のことが一切話題にもならなかった。

「まぁ、普通だったら、こっちに来た時点で『アズラエル』所属になった姉の近況をそれとなく知りたがるものだよな。父親のこととは別口で俺たちが思っている以上にこじれてるってことか」

「家族問題っていうのは、こじれると赤の他人よりも厄介なのが定番だしな」

加々美に同意するかのように、高倉はティーカップに口を付けた。

(それも、雅紀の話だと、なんか尚人君に対するやっかみが変にこじれてるみたいだしな)

加々美はコーヒー受けの茶菓子を摘まみながら『真砂《まさご》』でのことを思い浮かべた。

兄妹弟《きょうだい》関係が断絶しているという話の流れで、ボソリと雅紀が言った。

「実は、妹が高校受験に惨敗したんです」

「惨敗？」

失敗ではなく？

普通は入試に落ちても『惨敗』なんて言葉は使わないだろう。

「母親がその時期に死んだショックもあったんでしょうが。滑り止め受験に落ちて、本命もダメで、ぶっちゃけて言えば本来のレベルよりもはるか格下の後期二次募集にかろうじて引っかかったというか」

「そりゃまた、きついな」

不運のトリプルパンチもいいところだろう。さすがに、加々美も同情したくなった。

「本人的にはものすごく不本意どころか屈辱の極みだったと思います。勉強はできたんです。クラスでも成績はトップクラスだったはずですから。でも、高校受験に『絶対』はないっていうのが定番でしょ？　いくら努力して頑張ったとしても、ここ一番で結果を出せなきゃどうしようもないですから」

雅紀の口調はあくまでシビアだった。

『運がなかった』

『惜しかった』

『次、頑張ればいい』

そうやって自分を無理やり納得させても、それはただの気休めに過ぎないからだ。本人が一番よくわかっている。

だからこそ、周囲もそれとなく腫《は》れ物扱いしてしまいたくなるのだろう。

「まぁ、よく立ち直ったってことだろ？」

「スタートで躓《つまず》いても挽回《ばんかい》できないわけじゃない。さすがに、それくらいの気概はあったみたいです」

「やっぱ、兄妹？　そこらへんの気構えはおまえに似てるってわけだ？」

雅紀は無言だった。照れている……わけではなさそうだった。

「その妹の本命が翔南《しょうなん》高校だったんです」

（え？　マジで？）

口の中に豆腐の田楽を突っ込んでいなければ、思わず驚きの声を漏らしただろう。

さすがに、何をどう言うべきか。——迷う。すでに過去のことだとわかっていても、だ。

「ナオも、別に妹のリベンジだとか思って翔南を受験したわけじゃなくて。ただ、なんというのか……。ナオも妹も、家庭環境が最低最悪でもちゃんと頑張ればやれるってことを周囲に知らしめたかった、みたいな意地があったみたいで」

さすがに、雅紀も歯切れが悪い。当時のことを思い出しても何やらやるせない気持ちにでもなったのか、クイと猪口《ちょこ》を呷《あお》る。

わかる。

高校受験当時のドキドキ感などとっくの昔に忘れてしまった加々美だが、その気持ちはよくわかる。

同情心やら興味本位の中傷やら、そんな周囲の目を見返したい。実力で黙らせたい。手っ取り早く一番わかりやすいのが高校受験で、そのステータスの頂点が超難関と言われる翔南高校だったのだろう。

ところが、結果は天国と地獄になってしまった。それで、姉弟関係がぎくしゃくしないわけがない。実にわかりやすい構図であった。

「妹の未来図っていうのが、まず県内トップの翔南高校に入って、それからストレートで大学に入学して、将来はキャリアウーマンになる。みたいなことを俺たちに公言してたんです」

「ある意味、ものすごいポジティブ思考だったんだなぁ」

「ただの負けず嫌いとも言いますけど」

志は高く、それを口にすることで自分を鼓舞していたのだろう。努力して頑張れば夢は必ず叶《かな》うと。自分にも、周囲にも、それを知らしめたかった。つまりは、そういうことだろう。

（ホント、すげーな。雅紀は無言実行で、妹は有言実行タイプだったたってことか）

「結局、出だしで躓いて挫折《ざせつ》してしまいましたけど」

相変わらず雅紀の口調には熱がない。自分でも言っていたように、本当に妹には興味も関心もないのだろう。

逆に、加々美はそれが気になる。

(そこまで妹に無関心になった原因って、いったい、なんだったんだ?)

父親のことがすべての元凶なのは間違いないだろうが、こうなってくると、妹との関係性も大いに気になってしまう加々美だった。

「尚人君が翔南に合格したことで変にこじれたってことか?」

「それも、ひとつのきっかけにすぎないですけど。ナオが思っている以上に妹のやっかみがひどいというのは事実です」

それって、妹も超が付くほどのブラコンだからでは?

そんなこと、あえて加々美が口にするまでもないだろうが。想像するのは容易《たやす》い。尚人を見ていれば丸わかりだった。

父親は最低最悪の浮気男。

母親は精神的にまいって自殺。

頼れるのは長兄である雅紀だけ。

自分たちを養うために大学進学も剣道にかける夢も諦めた長兄に対する想《おも》いは、それこそ筋金入りだろう。

愛されたい。

褒《ほ》められたい。

認められたい。

自分が雅紀にとっての一番になりたい。

想いは当然、そこに帰結するのではないだろうか。独占欲という名の下に。

そのために努力して、頑張る姿を見せたい。頑張っている自分を見てもらいたい。そして、頑張った成果に対する褒美《ほうび》が欲しい。言葉で、あるいは態度で。自分が雅紀にとって一番なのだという証《あかし》が欲しい。

おそらく、それは切実な欲求だったのだろう。

しかし、愛情は等分ではない。理屈で割り切れるものでもない。駄々をこね回せば手に入るものではない。それを一番実感しているのは妹なのかもしれない。

「なので、加々美さんの話を受けてしまうと、そのことが妹の耳に入ってしまうのも時間の問題でしょ？　ナオが俺の弟だとバレてしまった時点で、周りも変に勘ぐるのは目に見えてますし。俺絡みのコネでナオがエコヒイキされた、みたいに思われるのがイヤなんですよ。見当違いの嫉妬《しっと》やくだらないやっかみでナオが不当に八つ当たりされるのが我慢できないんです。主に、俺がですけど」

たぶん、今までにもそういうことが多々あったのだろう。雅紀の口調はいつになく苦り切っていた。

（雅紀絡みのコネでエコヒイキか。まぁ、一見そう見えるよな）

加々美と雅紀の関係は誰が見ても親密だ。二人とも、それを隠すつもりもないからいたってオープンだ。何をどう勘ぐられたって痛くも痒《かゆ》くもない。言いたい奴《やつ》には言わせておけばいいだけのことだからだ。

新人時代の雅紀にしてからが、まず、嫉妬とやっかみの洗礼を浴びまくりだった。雅紀自身はそれを黙殺して、実力で周囲を黙らせるほどの鋼《はがね》の神経をしていたが。

（あの苦労をさせたくないっていうのが雅紀の本音だろうなぁ）

実際、雅紀と同じモデルになると決めた沙也加にも同じことが言える。

沙也加が『アズラエル』と契約できたのは雅紀の妹というアドバンテージがあったから。周囲にはやっかみまじりでそう思われている。高倉はそれを否定しないだろう。

カリスマ・モデル『ＭＡＳＡＫＩ』の七光り。そういうレッテルを貼られるのを覚悟の上でモデル業を選んだ沙也加の根性はすごいと思うが、『アズラエル』としてその売り出し方が注目されているのもまた事実である。

ものになるか、ならないか。それは本人のやる気次第だが、世間に顔と名前を売り込むためには戦略がいる。つまりは、そういうことである。

尚人は今、加々美と雅紀が出会った年齢と同じだ。雅紀にできたことが尚人にできるかと問われれば、それは尚人次第と言う他はない。

なんとなく、尚人ならばやってくれそうな気もするが、それはあくまで加々美の願望にすぎない。すでに、気持ち的には雅紀が言うところの『エコヒイキ』だったりするのだが。

加々美に言わせればコネも使い方次第というか、それは正当な理由に基づく『エコヒイキ』であって、別に誰に恥じるわけでもない。

けれども、妹にとって、それは許すことのできない『ズル』なのだろう。自分がオーディションに出て契約を勝ち取ったという自負があるから。

同じ姉弟なのに、そういうエコヒイキは不公平。どうして、尚人だけが優遇されるのか。それって、すごい理不尽。

そう思い込んでしまいたくなる気持ちもわかる。あくまで、一般論として。

（そっかぁ。妹は自分ばかりが割を食っているのが我慢できない。そう思ってるってことか）

これがまったくの赤の他人だったらそこまで近視眼的な思い込みにはならないのかもしれないが、なまじ血の繋《つな》がった弟だと思うとどうしても気持ちがささくれてしまうのだろう。

クールになれない感情の縺れ。

なかなかにヘビーである。

これればかりは本人の主観だから、誰が何を言っても、たとえそれが真摯なアドバイスであったとしても感情的にこじれるだけだろう。

加々美がそんなことをつらつらと思っていると、高倉が言った。

「『MASAKI』がわざわざ妹絡みの話まで持ち出してくるなんて、俺たち、相当に警戒されてるってことだよな？」

「主に、おまえだろ。俺は雅紀との関係は良好だからな」

しれっと口にする加々美であった。

「おまえって、とことん『MASAKI』には甘いよな。だから『タカアキ』が『MASAKI』にやたら敵愾心《てきがいしん》を燃やして突っかかるんじゃないのか？」

やぶ蛇もいいところである。

『タカアキ』に懐かれているのは知っているが、馴《な》れ馴れしすぎて正直鬱陶《うっとう》しい。どれだけ親密になっても雅紀は仕事とプライベートの距離感というものをきちんと心得ているが、『タカアキ』は違う。あの図々しさも成り上がるための個性のひとつかもしれないが、人懐っこさと馴れ馴れしさは別モノである。

そこらへんの区別ができないようでは、モデルとしての商品価値が下がる。

（事務所的にイチ推しだからって、俺はあいつにはまったく興味はないんだがな）

さすがに、高倉の前でそれを口にするつもりはないが。

「今のところ、無駄にギャンギャン吼《ほ》えてるだけだろ」

なにしろ、雅紀に『加々美さんのところの躾《しつけ》のなっていない駄犬』呼ばわりをされているくらいだ。

「うちのイチ押しがカリスマ・モデルを一方的にライバル視している噛《か》ませ犬的な色が付いてしまうのが問題だと言ってるんだ」

（いや、もう、充分染まってると思うぞ？）

　現場に出ない加々美の耳にもいろいろ噂《うわさ》が入ってくるのだから。だからといって、それを加々美に愚痴《ぐち》るのは筋違いというものだろう。

　シンデレラ・ボーイにはありがちな落とし穴にはまりかけているのであれば、それこそ要注意だろう。

「だから、俺にどうしろと？」

「たまには頭を撫《な》でてやったらどうだ？」

「それは俺の役目じゃない」

　たとえ、頭をひとつ撫でてやるだけで状況が変わる可能性があったとしても、それをするのは加々美ではなくマネージャーの役目である。

　裏を返せば、事務所のイチ押しとはいえ、モデル歴一年目のヒヨッコの手綱も取れないようならマネージャー失格だろう。

「あの手のタイプは一度甘い顔をすると際限なく付け上がりそうだから、俺はパスってことでよろしく」

高倉はこれ見よがしにひとつ大きくため息をついた。

「まぁ『タカアキ』のことはとりあえず置いといて。一度や二度『MASAKI』に門前払いを喰《く》らったからって、俺はあきらめる気はないぞ？」

（……だろうな）

高倉の気持ちはわかる。『アズラエル』の統括マネージャーとして、高倉は雅紀に忖度《そんたく》する気はないのだろう。

おそらく、尚人のことは気になっているだろうが、今はまだ喉から手が出るほど欲しているわけではない。なにしろ、現役の高校生だ。それも、超が付くほどの進学校に通っているから大学進学は常識の範疇《はんちゅう》。けれど、あの素材をみすみす見逃すには惜しい。

ものになるか、ならないか。

使えるだけで終わるのか。

それとも、期待以上に化けるのか。

それを見極めるためにも、できればきっちり囲っておきたい。それが高倉の本音だろう。

カリスマ・モデル『MASAKI』の実弟であることがメリットなのか、それともデメリットになるのか。——未知数であることが、逆に目を引く。尚人という存在から目が離せない。

それは高倉だけではないことを加々美自身も自覚済みだった。

尚人の評価が大きく動いたのは『ヴァンス』絡みであるのは間違いない。

クリエーターとしてのクリスの審美眼には脱帽するのはもちろんだが、あの超絶人見知りの激しいユアンとまともに会話できるというだけで、クリスの中では尚人の株は爆上がりだったりするのだろう。

高倉がそれに食いつかないはずがない。

「何かとネックだった父親問題もきっちり片付いて、この先、弟には平穏な学生生活を送らせたい。『ＭＡＳＡＫＩ』が本音でそれを願っているのはわかるが、いつまでも兄貴の羽の下には隠しておけないと思うぞ？」

否定できない。

そのきっかけが元旦の臨時通訳の件であるのは間違いない。加々美が無茶振り同然に尚人を引っ張り出したのは切羽詰まった果ての苦肉の策であったが、それが思いもかけない大金星になった。

そんなことは誰も予想はしていなかったから、インパクトは抜群だった。

ドキドキがワクワクになり——欲が出た。クリスの、高倉の、そして加々美の、それぞれの思惑が絡んで次のステップの引き金になった。

雅紀自身もそれを認めている。蕾《つぼみ》が開花するのも時間の問題だろうと。

だから、怖いのだと。あの雅紀があんな弱気なことを思っているなんて、加々美にしてみればそれこそ絶句ものだった。

反面、いつも小憎らしいほど冷静な雅紀が初めて年相応の悩める青少年に見えた。

今まで、雅紀の仕事に対しての愚痴や不安は聞かされることはあっても、弱みを見せることはなかった。それが、家族を支えてきた雅紀のプライドだったからだろう。

なのに、ここにきて初めて弱音を吐いた。

どういう心境の変化なのか。

それはそれで、加々美にとってみれば目からウロコがポロリと落ちた瞬間だったかもしれない。

雛《ひな》はいずれ親鳥《雅紀》の庇護《ひご》の元から飛び立つもの。それは喜びであり、また、一抹《いちまつ》の寂しさでもある。特に、あの兄弟は特別な絆《きずな》で成り立っているから、その場合、その寂しさはある種の喪失感にすり替わってしまうものなのかもしれない。

それを、ただの取り越し苦労だと笑えない。そんな気がした。

高倉はゆったりと紅茶を飲み干して、テーブルに置いてあったタブレットを操作して加々美に見せた。

「ほら、これを見ろ」

言われるままに、目をやる。

「翔南高校の公式HP？　これが、何？」

「一時期、ネットで話題になってただろ。京都《きようと》の外国人観光客をとりこにしたカップルガイド事件」

あれを『事件』と呼んでいいのか、いささか語弊はあるが。

「あー、あったな。けっこうザワついてたみたいだけど。……で？」

加々美の反応がいつになく鈍い。

「だから、その答えだよ」

「は？」

加々美は画面を凝視する。タップすると、そこには校長のコメントが載っていた。

「……え？」

思わず目を瞠《みは》って。

「マジ？」

一言つぶやいて。

「はぁ…………」

どんよりとため息を漏らした。

「噂の『歴女』と『通訳』のカップルガイドって、ホントに修学旅行中の翔南高校の生徒だったのかよ」

だとしたら。

……もしかして。

やっぱり、もしかするのだろうか。

加々美はじろりと高倉を見やった。

「高倉。おまえ、この通訳をやってたのが尚人君だと思ってるわけ？」

「思ってるけど？」

即答である。

「超進学校のＳ校の生徒で、外国人相手を唸《うな》らせるほどのネイティブ感。このキーワードで、むしろ、おまえのアンテナに引っかからなかったのが不思議でしょうがないくらいだ」

容赦なくバッサリと斬られてしまった。とほほな気分……とは、まさにこのことである。

この件に関して、一部犯人捜し的な話題でネットが盛り上がっていたのは知っているが、はっきり言ってそこまで関心がなかった。なりすましかもしれない者同士の水掛け論など見る価値もなかったからである。

そこで、加々美の頭からカップルガイドは消えた。それが、まさかの展開であった。

（あるんだなぁ、こういうことって）

それしか言えない。

「イニシャルだけで誰もはっきり翔南高校だと名指しされてはいなかったわけだが。『あれ』とか『あの』とか、みんなが意味深につぶやいていたのはやっぱり『ＭＡＳＡＫＩ』の影響があったんじゃないか？　カリスマ・モデルの実弟が翔南高校に通っていることは、例の自転車通学暴行事件で一躍有名になってしまったからな。マスコミ関係だけじゃなくて、ある意味、ネットユーザーにとっても鬼門だろ」

ネット上の発言が問題視されて炎上する。そのこと自体、今では珍しいことではなくなってしまったが、人を貶《おとし》めるような無責任発言、人格を否定するかのような暴言、更には害悪をまき散らすような脅言《きょうげん》は許されるものではない。

つい、うっかり、感情的になって——それはただの詭弁《きべん》である。

ネットで悪質なデマを煽《あお》って拡散させた者はそれなりの刑事責任を問われる。ついこの間、それが現実になったばかりである。

「ここまで騒ぎが大きくなってしまったら、学校側としても黙《だん》まりを決め込むわけにはいかなかったんだろ」

学校側としても、これ以上、変に悪目立ちをしたくないという思惑があったのではないだろうか。

あのカップルガイド騒動が事件や事故といったものではなく、どちらかと言えば善意による美談的なものであるので、普通ならば当事者である二人の名前くらいは公表してもおかしくはない。ある意味、学校側も自校の誉《ほま》れでもあるのだから。だったら、どっちに転んでも損はないだろうし、積極的に喧伝《けんでん》してもおかしくはない。

むしろ、今どきの高校生であれば自慢げに顔出しするくらい、なんでもないだろう。なんといっても、なりすましが出没するくらいのインパクトだったのだから。

なのに、である。校長のコメントを見る限り、その出来事を誇るわけでもなく、そっとしておいてほしい……なんて。高倉的にはどうにも納得がいかなかった。

あえて、そこまで隠したがる理由って……何？

表に出したくない事情って？

それって、どういうことなのか。

どう考えても、不自然。それを思ったとき。

（もしかして……？）

そう思ったのだ。

あくまで悪目立ちしたくない——理由。

本人の顔も名前もNGである——わけ。

それは通訳ガイドが『篠宮《しのみや》尚人』だったからではないのか。

それならば、納得できる。

素朴な疑問は推測になり、やがて高倉なりの確信に至った。そういうわけである。

高倉だって、元旦の、堂に入った通訳ぶりの一部始終を現場主任の石田《いしだ》から聞いていなければ、尚人が英検一級持ちであると知らなければ、そんなことを考えもしなかっただろう。

それ以前に、噂のカップルガイドがS校の生徒かもしれないとネットで炎上ぎみに盛り上がっても、そこまで関心がなかっただろう。

それを思うと、何かもう鳥肌が立ったというか、心がざわめいてしょうがなかった。

「出るべき才能はどんなに隠そうとしても、出るべきときに出る。俺はそう思ったよ」

物事のきっかけなんて、そういうものだろう。

むしろ、修学旅行時の下地があったからこそ元旦の通訳ぶりに繋がったのでは？　そう思うのはただのこじつけだろうか。

偶然は二度続かない。

だとしたら、世間に尚人の存在が露出するのも必然ではないだろうか。

いつまでも袖の下に隠しておけるものではないだろう。兄として、むしろ、その才能を伸ばすべく後押ししてやるべきではないのか。

それを思って。

(何をムキになってるんだか)

高倉はふと自省する。

自分は赤の他人であるから、あくまでビジネスライクになれるが。これまでの篠宮家の事情を鑑《かんが》みると、それこそがただのお節介。篠宮兄弟にしてみれば、傍《はた》迷惑の押し売りだったりするのかもしれない。

だが──惜しい。

もったいない。

なまじ尚人とは知らぬ仲ではないので、このまま指をくわえてただ見てるだけなんて……少々苛《いら》つく。

できれば、青田買いをしてでも育ててみたい。そう思うのは、加々美と雅紀の関係をずっとそばで見てきたせいかもしれない。浮き沈みが激しいこの業界にあって、二人の関係は異端であり且《か》つ理想でもある。

妬《ねた》ましい。

……わけではないが。

羨《うらや》ましい。

……とは思う。

ビジネスライクではない信頼に裏打ちされた絆のようなものを感じるからだ。

(『タカアキ』のことをあれこれ言えないだろ)

内心、高倉はため息を漏らす。

「なぁ、加々美。俺たちは心情的にどうしても篠宮兄弟寄りになってしまうが、『ヴァンス』のクリストファー・ナイブスは『ＭＡＳＡＫＩ』に忖度しないでガンガンくると思うぞ？　あれは見かけよりもずっとやり手のビジネスマンだからな」

確信を込めて高倉は断言する。

「まぁ、そうだよな」

一見穏やかな物腰とは裏腹に、しっかりガツガツと攻め込んでくるのはこの間のことでよくわかった。デザイナーでありブランドのオーナーでもある。ビジネスにはシビアな目を持っているに違いない。

その彼が、尚人に興味津々《しんしん》なのを隠そうともしない。むしろ、あからさまとさえ言える。たとえ、それがユアン絡みであったとしても。

（雅紀にしてみれば、ある意味、脅威だろうなぁ）

今まで、雅紀の周りにはいなかった押しの強いタイプだ。雅紀のブリザードな視線を浴びても、たぶん怯《ひる》むことはないだろう。

雅紀よりも年長者だから、ではない。人生の体験値は雅紀だって負けてはいないだろうが、ビジネス社会での経験値が違う。

しかも、異様に口が上手《うま》い。先日の遣《や》り取りを見ていたら。

『おまえ、未成年の高校生を本気で口説いてんじゃねーよッ！』

つい、口走りたくなった。

なのに、尚人はあくまで自然体であった。いや、まぁ、若干退《ひ》いていたような気もするが。

（あのクリスに押し込まれない尚人君のブレない芯《しん》の強さって……。ある意味、最強じゃないか？）

加々美はそう思わずにはいられない。

（無自覚の人タラシって怖いよなぁ）

どんよりとため息をつく。雅紀がつい過保護モードに走りたくなる気持ちもわかる。

「ここまで来たら、俺も退く気はないからな。おまえもきっちり仕事をしてくれよ？」

高倉にグリグリと念を押されて。

（クリスに煽られて、どうやら高倉もスイッチが入っちまったようだな）

加々美はどっかとソファーにもたれる。

（まっ、クリスばっかりにいいカッコはさせられないよな）

なんだかんだで、加々美のやる気スイッチも押されてしまった。

《＊＊＊　温度差　＊＊＊》

篠宮家の夕食は、いつものようになんら代わり映えのしない尚人と裕太《ゆうた》の二人飯だった。

今まで、裕太は食卓に出されたものを無言でモソモソ食べるだけだったが、最近は食べたいものをそれなりにリクエストするようになった。言われなくても食事の後片付けを手伝うようにもなったことは、尚人にとっても喜ばしいことだった。

ただ、兄弟揃《そろ》っての夕食に雅紀がいない日が続くのは、やはり寂しい。

去年も雅紀は年末まで多忙なスケジュールだったが、年が明けてからは更に忙しくなった。

格差社会の縮図と言われる芸能界はトップと底辺ではギャラも待遇もピンキリで、売れっ子のアイドルはもろもろの過密スケジュールで睡眠時間もろくに取れない超ブラック体質だという話だが、ステージにグラビア撮影にスポンサー主催のパーティーの顔出しにとあちこちを飛び回っているモデル業界《雅紀の場合》も似たようなものだろう。

ＳＮＳや動画サイトを通じてネットでのセルフ・プロデュースが可能になった今の時代、素人とプロの垣根はずいぶん低くなったと言われているが、それでも、トップに上り詰めるには一発芸ではない才覚がいる。

ときには運も必要だ。

『一発当てるのは素人でもできるが、それを継続していくのは難しい』

と、言われるように、ビギナーズ・ラックで終わらせないための努力がいる。

継続には相応の自覚とそれなりの代償もいる。

そして、一番大事なのは、献身《むしょう》であろうが打算《ゆうしょう》だろうが、それをサポートしてくれる存在が必要不可欠なことだ。

結局、どんなに意地を張ろうが孤高を気取ろうが人嫌いだろうが、人間は誰かと関わりを持たないでは生きていけない生き物なのだ。変な話、一人わびしく死んだとしても、最後の最後は人の手を借りなければ葬式も出せないのだから。

誰かに必要とされている意味。

決して一方通行ではない想い。

愛し、愛される——喜び。

それを知ってしまったら、もう、何も知らなかった頃の自分には戻れない。

目に映る世界は色彩に溢《あふ》れている。それに気付いてしまったら、モノクロの世界《むみかんそう》には二度と
……戻りたくない。

人を想うことは生きることに執着するということだ。情愛の悲喜こもごもが日常を侵食して

も、それでも、砂を嚙むような日々よりも百倍マシ。それが尚人の本音だった。

（まーちゃん、最近はあちこち飛び回ってるけど、ホント、ちゃんとしっかり食べてきちんと寝てほしいよなぁ）

夜には必ず『おやすみコール』がかかってくるが、電話越しに話すのとナマで向き合うのとでは安心感が違う。充実感が違う。どんなに甘い言葉よりもリアルな温《スキンシップ》もりに敵《かな》うものはないのだ。

雅紀のことをあれこれ思い出しながら、尚人はふと気になっていたことを口にした。

「裕太。あれからピアノのことで、沙也姉《ねえ》から何か言ってきた？」

「ない」

それを聞いて、少しだけホッとした。

……とたん。

「けど、加門《かもん》のばーちゃんからはあった」

別口の爆弾が炸裂《さくれつ》した。

「え？」

箸《はし》で摑《つか》んだ里芋《さといも》が思わず転げ落ちた。

「スーパーに買い出しに行って戻ってきたら、なんかタイミング悪くばーちゃんから電話があって。そのままさっくり無視してもよかったんだけど、あとあとしつこく電話されるのも面倒くさかったから、出た」

加門の祖母は苦手だ。露骨なほどの沙也加びいきだからだ。

加門の祖父母にとって、内孫も外孫も含めて沙也加が唯一の女孫だからか、よけいに可愛《かわい》いのだろう。

本当に、加門も篠宮も見事に男系なのだった。その中の紅一点なのだから、それはもう目立ちまくりのお姫様扱いになってしまうのもしかたがない。そうやってチヤホヤされてもしょうがないと思えるほどには沙也加の美少女ぶりは際立っていたのだ。

父親が家を出て行くまで、毎年、三月の節句《ひなまつり》にはど派手な七段飾りの雛壇の前で、綺麗《きれい》に着飾った沙也加がすまし顔で写真を撮っていた。その雛壇を買ったのが加門の祖父母だった。今は、それも物置の肥やしに成り果てているが。

身内で唯一の女孫だから、特別に可愛い。それはいい。祖父母にとって孫はみんな平等《かわい》などというのはただの幻想だととっくの昔に気付いていた。特に孫差別がひどかった堂森《どうもり》の祖父に比べれば遥《はる》かにマシだった。

それでも、母親が死んでからの祖母は沙也加びいきが加速して、尚人にとっては嫌味な婆《ばばあ》になってしまった。特に高校受験に関しての暴言三昧《ざんまい》にはうんざりを通り越して腹立たしくてならなかった。

だから、逆に『やってやるぜ』の気合いが入ったとも言える。

無事、翔南高校に合格したときにはホッとしたと同時に、祖母に対して『ざまあみろ』的な気持ちがなかったとは言えない。

尚人からは合格報告はしなかったし、加門の祖父母からも『どうだった?』の一言もなかった。たぶん、尚人が不合格だったら、それみたことかの嫌味が炸裂していたことだろう。

「ばーちゃん、なんだって?」

一応、聞いてみる。

「どうでもいいことをグチャグチャ言ってただけ」

そのときのことを思い出したのか、裕太は少しだけ不機嫌にボソリと言った。

たぶん、沙也加を引き合いに出して、あれこれ嫌味を言われたのだろう。

「おれ、引きこもりになってから加門のばーちゃんとまともに話したのはあれが初めてだったけど、次からは出ない」

「いいんじゃない?」

そのための留守電モードである。

「何?　ナオちゃんもあいつにメタクソに言われたこと、あんの?」

尚人はそっと息を吐いた。『加門のばーちゃん』がいきなり『あいつ』呼ばわりとか、とりあえず取り繕うのをきっぱり放棄した裕太は裕太でかなり腹に据《す》えかねていたらしい。

「まぁ、それなりに」

「そうなんだ?」

「ばーちゃん、沙也姉びいきの刷り込みが入ってるから」

だから、何を言われてもスルーでいいと思う。聞けばストレスになるだけだから。

「あいつ、もしかして、お姉ちゃんの本性、まったく、ぜんぜん知らないんじゃねーの? お姉ちゃんが家族から見捨てられた可哀相《かわいそう》でけなげな悲劇のヒロインとか、それってどこの誰の話? とか、マジで思っちゃったよ」

きっと、祖母の中ではそういうことになっているのだろう。母親が死んで残されたただ一人の女孫だから、雅紀と絶縁状態である今の境遇が可哀相で可哀相でしかたがないのだろう。

沙也加が高校受験に失敗したときには祖母から雅紀の携帯に頻繁《ひんぱん》に電話がかかってきて、雅紀の機嫌が相当に悪かったことをよく覚えている。あくまで『ですます』口調なのに、冷え冷えとしたトーンが地を這《は》っているのだ。あれで懲《こ》りずに何度も電話をかけてくる祖母の神経の図太さに逆にビックリな尚人だった。


夕食を終え自室に戻ってきた尚人はパソコンをONにした。

クリスから頼まれてカレル&ユアンと友達交流をはじめた尚人はこまめにメールをチェックしていた。

雅紀からも『勉強に差し支えない範囲ならＯＫ』をもらった。向こうとこちらでは時差もあることだし、リアル・タイムでの遣り取りは無理なのはわかっていたので、尚人としても気負いなくメールをすることができた。

むしろ、日常的に英語を書く機会が増えたことで、スペリングやしゃべり言葉と書き言葉の微妙な違いとか慣用句の使い方など、いろいろ勉強になった。本当に『習うよりも慣れろ』を実感することができた。

最初はクリスのゴリ押しに振り回された感があったが、今ではすごく感謝しているくらいだった。

「あ、カレルからメールが来てる」

さっそく開いてみた。

【ハーイ、ナオ。元気？　僕は相変わらずの音楽三昧です。ユアンも元気にやってます。この間、友人たちとアルファルナでやった路上パフォーマンス動画も添付しといたから、ぜひ見てね？　あ、それと、ナオに送ってもらった『ゴーショー』の写真集、ユアンがすっごく気に入ったようで、毎日食い入るように見てる。彼が例の『ＭＡＳＡＫＩ』のＰＶを撮った写真家だって教えたら、なんかもう食いつき方からして違うし。僕としては、ユアンがいろんなことに興味を持ってくれるのがすごく嬉《うれ》しい。よかったら、動画の感想を聞かせてね？　じゃあ、また】

（いやいや、あれってまーちゃんのＰＶじゃなくて『ミズガルズ』のＰＶなんだけど）

尚人は思わず苦笑する。

第一弾はともかく第二弾は映像に映っているのは雅紀だけだから、まるで『ＭＡＳＡＫＩ』のための『ＭＡＳＡＫＩ』によるプロモーションビデオと言われてもしょうがないという気はするが。

（伊崎《いざき》さん、やることが大胆すぎてみんなが度肝を抜かれちゃったし。『ミズガルズ』のメンバーって、ホント、大人な対応だったよな）

リーダーは。

『まぁ、こういう斬新なのもあり？』

なんて言っていたし。ボーカルのアキラは。

『業界の枠を越えた奇跡のコラボでいいんじゃね？』

それであっさり済ませてしまった。

なにより、絶賛された映像美を際立たせていたのは『ミズガルズ』の楽曲だったのは間違いないことなので。

伊崎の感性と。

雅紀の存在感と。

『ミズガルズ』の楽曲性。

その三つが共鳴し合わなければなしえなかった奇跡にド嵌《は》まりする者が絶えなかった。つまりはそういうことである。

添付されたものを開くと、カレルがヴァイオリンを弾き、それに合わせてダンサーたちがエネルギッシュに踊る姿があった。

始まりはゆったりとしたスローテンポの情感溢れるテーマがあり、それから一転、まるでヴァイオリンの弦が切れてしまうのではないかというくらいの超絶技巧《テクニック》による早弾きにただただ圧倒された。

（うわ……うわ……うわぁ……。カレル、すごすぎ）

なんだかもう、それしか言えない。

カレルのヴァイオリンが紡ぎ出す音色とリズムに、ダンサーのキレのある動きが一体化する――パフォーマンス。

パソコンの画面から溢れる熱量がガンガン伝わってきて、圧倒された。

カレルの本分は音楽学校の学生。基本はクラシックなのだろうが、その枠に囚《とら》われずに自分のやりたいことを実践して生き生きしているカレルを見て、尚人は自立心というものを大いに刺激された。

（チャレンジ精神だよな、やっぱり）

やりたいことと、できることは違うのかもしれないが、ダメ元でもいいからとりあえずチャレンジすることが大切なのだ。

駄目。

無理。

無駄。

少し前まで、尚人にはそういう決めつけしかできなかった。けれども、今はやれることの選択肢が増えた。

やりたいことを、できるように努力すること。

(俺のやりたいこと……)

自分もいつか、どんな形であっても雅紀の隣に並び立ちたい。ただ守られるだけの存在ではなく、きちんと自立していつかは雅紀を支えられるようになりたい。そう思った。

(やっぱ、カレルに負けていられないよな。だって、同じ年なんだし)

うんうんと一人頷《うなず》いて。尚人はカレルに返信する。

【ハーイ、カレル。エネルギッシュなパフォーマンスビデオをありがとう。ヴァイオリンとダンスのシンクロ感がすごくて、なんか圧倒されちゃいました。カレルの超絶早弾きがまだ頭の中でグイングイン鳴ってます。カレルはヴァイオリニストを目指してるんだよね？　その夢に向かって頑張ってるカレルを見ていると、刺激されまくりです。俺も負けてられないなって。写真集も気に入ってもらえて嬉しいです。ユアンと伊崎さんの感性、すっごく合ってるんじゃ

ないかと思って。いつか、その話でふたりと盛り上がれたらいいなぁ。じゃあ、また。ユアンによろしく】

メールを送信して、パソコンの電源を落とした。

とにかく。尚人はユアンに伊崎の写真集をとても気に入ってもらえたのが嬉しくて、つい、そのノリで伊崎にもメールを送ってしまった。

【こんばんは、伊崎さん。ご無沙汰《ぶさた》しています。お変わりありませんか？　先日『ミズガルズ』のPV繋がりで友人になったカナダ人に伊崎さんの写真集を見てもらいたくて最新版のものを送ったところ、ものすごく喜ばれました。僕も、すごく嬉しくて。今度、その話で彼らと盛り上がれたらいいなと思っています。今から、ドキドキ・ワクワクです。お忙しいところ、いきなりメールをしてごめんなさい。では、おやすみなさい。篠宮尚人】

伊崎もきっと、いきなりのメールで驚くだろう。でも、どうしても、今の気持ちを伝えたかったのだ。カレルのパフォーマンス動画を見た興奮でいつになく大胆になっていたのかもしれない。

そしたら、すぐに返信が来て。思わずビックリ・ドッキリした。

（ウソ……。マジで？）

ドキドキと異様に鼓動が逸《はや》った。

【よぉ、久しぶり。元気でやってるか？　そのカナダ人って、誰？　ていうか、もしかして、

おまえも兄貴と同じで英語がいけるクチなのか?】

【ついこの間、知り合いになったんです。伊崎さんが撮った『ミズガルズ』のPVを見て映像美に圧倒されたそうです。それで、伊崎さんの写真集を見てもらいたくて。彼、ヴァイオリニストで、すごく感性を刺激されたそうです。で、彼の従兄弟《いとこ》も伊崎さんのファンになったみたいです。雅紀兄さんほど実践的ではありませんけど、一応、英検の資格を持っているので、楽しくおしゃべりしています】

カレルとは同年代の気安さもあってメールも気軽に打てるが、パソコンと携帯電話の違いはあっても、相手が伊崎だと思うと失礼にならないようにと打つペースがやたらスローになった。

【英検? 何級?】

伊崎からのレスポンスが早すぎて、胸のドキドキが止まらない。

【あの、一級です】

【おぉ! すごいじゃねーか。読むのも、書くのも、しゃべるのもイケイケか? 俺なんか、海外の撮影旅行に行くたびに片言英語で四苦八苦してんぞ。マジで羨ましい】

見かけグリズリーな伊崎が外国人相手に四苦八苦している姿を想像して、つい、プッと噴き出してしまいそうになった。もちろん、それはあくまで伊崎の謙遜《けんそん》だろうが。

【イケイケには、まだ遠いです。資格を持っていても実践できなければ宝の持ち腐れっていうのをヒシヒシと実感していたところですから】

本音である。持っている資格は使わなければ意味がないのだ。

【それで、カナダ人相手に実践中か？】

【偶然、そういうチャンスに恵まれまして。これから、雅紀兄さんみたいに、いつでも、どこでも、誰とでもを目指してバリバリ行けるように頑張りたいと思っています】

そう。『ヴァンス』の臨時通訳は尚人にとっては一つのターニング・ポイントになった。そう言っても過言ではない。

もともと、尚人は高校を卒業したら就職をし、アパート暮らしの目処《めど》がたったら家を出て自活するつもりだった。一人暮らしが口で言うほど簡単なことではないとわかっていても、このまま篠宮の家に居続けることが苦痛だったのだ。雅紀に疎まれ、裕太には嫌われ、沙也加には憎まれていると思っていたから。

特に、母親のことでは雅紀の秘密の共犯者になってしまったから、その母親が死んでしまった以上、尚人にはなんの価値もなくなってしまった。だから、雅紀の口からその事実を告げられる前に家を出て自立しようと思った。

そのためには少しでも就職に有利になるように、せめて学生のうちに取れる資格は取っておこうと思ったのだ。頑張った甲斐《かい》があって、英検一級を取れた。

単純に嬉しかった。自分のレベルを知ることができたので。

高校受験同様、努力をすればきちんと報われるのだと再認識することができた。だったら、一人になってもそれなりに頑張れるような気がした。

そこからいろいろあって、雅紀と裕太との関係も修復できて、思いがけず雅紀に愛されているのだと知ることができた。このまま大学にも行かせてもらえることになった。

なんだか、夢を見ているような気分だった。

本当に？

マジで？

これって……現実？

それを思うと妙にふわふわして足が地に付かなかった。どうにも嬉しすぎて。

以前は、将来の夢とか希望とか、自分には縁のない幻だと思っていた。雅紀に愛されているのだと知るまでは。

自分には家を出て自活すること以外に選択肢などないと思っていたからだ。

雅紀は家族のために進学をあきらめるという選択肢しかなかった。

けれど。その雅紀に思いがけず大学に行けと言われた。嬉しかった。自分にも選べる未来があると知った。

雅紀に愛される未来。

雅紀に必要とされる理由付け。

将来への選択肢。自分で自由に選んでもいいのだという自覚と責任が生まれた。

そんなとき、加々美から頼まれたアルバイトで『ヴァンス』の三人と出会った。ただの偶然に過ぎない出会いを『運命』などという言葉で括《くく》ってしまうのはあまりにも都合がよすぎる詭弁かもしれないが、それは、尚人にとっては視界の広がりになった。自分の進むべき道筋が見えたような気がした。

【まぁ、頑張りすぎない程度に頑張れ】

伊崎らしいエールが心強い。

【はい。息切れしないようにマイペースで頑張ります！　伊崎さん、ありがとうございました】

伊崎からの返信メールなんて予想外のプレゼントをもらったような気がして、尚人はなんだか気分が高揚して思わず笑みがこぼれた。

《＊＊＊　歯噛み　＊＊＊》

伯父の由矩《よしのり》から加門の家にピアノを入れることを猛反対された沙也加は苛ついていた。

大学にいても、アルバイト中でも、モデルスクールに通っているときでも、ムカムカとイライラが止まらなかった。

(そりゃあ、ピアノを入れるには床の補強だの部屋の防音工事だの、もろもろのプチ・リフォームが必要だってことをすっかり忘れていたのは認めるわよ。でも、だからって、どうしてあんなことまで言われなきゃならないのよ)

一番腹が立つのは、由矩に言われたあの発言である。

『おまえは弟たちに比べたらよっぽど恵まれた生活をしてるんだ』

それは、沙也加にとっては禁句だった。不快な地雷だった。沙也加が篠宮の家を出た本当の理由を知らない由矩には絶対に言われたくない台詞《せりふ》だった。

あの家で雅紀と母親がセックスをしていたのだ。そんな穢《けが》れた場所にいられるわけがない。

何もかも承知の上で、それでもあの家に住み続けている弟たちの神経を疑う。

汚い。

……不潔だ。

穢らわしい。

……不浄だ。

辱《きたな》らしい。

……虫酸《むしず》が走る。

それが正常な感覚というものだろう。人として決して許されない禁忌《きんき》なのに、平然としている弟たちの頭がおかしいのだ。

それとも、弟たちにとってあれは、母親が死んでしまったらすべてなかったことにしてしまえる程度のことなのだろうか。

沙也加には信じられない。

おかしいでしょ。

絶対に変でしょ。

あんなこと——あり得ないでしょ！

弟たちが何を考えているのか、沙也加にはさっぱりわからない。

そんな弟たちに比べて『恵まれている』なんて……。冗談でも聞き捨てにならないのに、由矩は本気だった。

そんなこと、とうてい許せるわけがない。あれは、沙也加を貶める暴言に等しかった。

(あたしは恵まれた生活なんてしてない)

当時、中学生だった沙也加には他に選択肢がなかっただけだ。

加門の家にしか自分の居場所《避難所》がなかっただけ。その家も、決して居心地がいいとは言えなかった。

なぜなら。沙也加は、死んだ母親の葬式にも出なかった親不孝な娘……だからだ。母親の自死という経緯が経緯だから皆が同情的だった。それが、沙也加にはたまらなく不快だった。

祖父母は毎日、仏壇に手を合わせている。あの女にはそんな価値もないのに。

母親の月命日には必ず菩提寺《ぼだいじ》の墓に花を供えに行く。母親の遺骨は篠宮家ではなく加門家の墓に入っているからだ。加門の祖母が篠宮家の墓に遺骨を納めることを拒否したので。

父親の所業を思えば、堂森の祖父母もそれを黙認せざるを得なかったようだ。

だが、きっと。加門の先祖はそんな穢れた女と同じ墓に入っているなんて、嫌がっているに違いない。

そのどちらも、沙也加は拒否し続けている。

しかも、それっきり雅紀との関係も断絶してしまった。

祖父母は、あえて、そのわけを聞かない。理由を問うこともしない。

……なぜ?

母親の死に様にショックを超えたひどい憤りを感じているのをそれとなく察しているからかもしれない。

母親の兄弟である由矩たちはそれがどうしても納得できないようで、沙也加との間には溝ができてしまった。そのせいか、沙也加自身は加門の親戚付き合いもしていない。要するに、母親の死からこっち沙也加はずっと腫《は》れ物扱いなのだった。

極悪非道な父親のスキャンダルよりも、もっと、ずっと醜悪な禁忌を孕《はら》んだ篠宮家の秘密。兄弟以外、誰も知らない。絶対に知られてはならない、口にするのもおぞましい汚穢《おわい》。

そんなドン底でのたうち回る秘密を胸に抱えたまま生きてきたのだ。それを思えば、たいがいのことには耐えられる。

別に、今更、加門の身内に何をどう思われても構わない。そう思っていたのに、由矩の言葉に思わぬ拒絶反応が出た。

何も知らないくせにッ。

あんたたちが安穏《あんのん》と暮らしていられるのは、あたしが口を閉ざしてドン底でのたうち回っているからよッ。

あたしがすべてブチまけてしまったら、加門の身内はきっと、あの女と血が繋がっていることを恥じて、恨んで、呪《のろ》って、罵倒《ばとう》したくなるでしょうよ。だって、あの女は、自分の息子と爛《ただ》れた肉体関係を持っていたんだからッ！

そんなことが世間にバレたら、どうなるかわかってる？　スキャンダルまみれになって、マスコミに追い回されて、プライバシーを丸裸にされて、篠宮家よりももっとひどく叩《たた》かれるに決まっているんだからッ。

きっと、ストレスで神経が参って死にたくなるわ。

だから。何も知らないくせに、あたしに偉そうな口を叩かないでッ!!

あのとき、由矩の顔面にその言葉を叩きつけてやりたかった。そしたら、少しは気分がスッキリしただろうか。

いつまでたっても母親の呪縛《じゅばく》から逃れられない理不尽。本当に、心底、あの女が憎い。

顔つきはそうでもないのに、ふとした尚人のしぐさに母親の面影を見る。

気のせい？

ただの錯覚？

それとも、拭《ぬぐ》いきれない罪悪感で？

昔から、雅紀にベタベタとまとわりつく尚人が嫌いだった。視界に入ってくることすら疎ましかった。尚人が雅紀のことを媚《こ》びた目で『まーちゃん』呼ばわりするのがイヤでイヤでたまらなかった。

羨ましい？

――違う。

妬ましい？

——そんなんじゃない。

ただ純粋に、雅紀にエコヒイキをされている尚人が嫌いなだけ。

それでも、父親が家を出て行ってからは家族が一丸となって乗り越えていかなければならないと思っていたからこそ、我慢もできた。なにより。当時は、甘ったれて聞き分けのない裕太が沙也加を苛つかせる最大の元凶になってしまったから。尚人のことなど構っていられなくなった。そして、母親の死が駄目押しになった。

沙也加は雅紀に選ばれなかった。雅紀の共犯者に選ばれたのは尚人だけ。

閉め出された。

疎外された。

爪弾《つまはじ》きにされた。

雅紀と尚人に邪魔者扱いをされて排斥《はいせき》された。

ひどい裏切りだった。

嫌い。

憎い。

許せない。

月日が経《た》ち、母親と雅紀のあり得ない行為を目撃してしまった衝撃は去っても、心の傷は少しも癒《い》えない。

辛《つら》くて。

苦しくて。

何も食べられなくなって激やせした。

そこから立ち直るのに時間がかかった。

なのに、二年後。そんな沙也加の傷をまたもや尚人が掻《か》き毟《むし》った。高校受験に失敗した自分に当てつけるように翔南高校を受験するなんて、どういうつもりッ？

なんで。

どうして。

受験志望が翔南高校なのよッ。

無神経すぎるでしょッ！

なによ。

なんなのよ。

バカにしてるの？

当てつけてるつもり？

そんなこと——絶対に許せないでしょッ！

落ちればいいのに。落ちてしまえ。落ちろ落ちろ落ちろ落ちろ…………。

何かもう、胸の奥底で渦巻くドス黒い感情を抑えることができなかった。あとからあとから込み上げる憤激がコールタールのように粘り着いて離れなかった。

沙也加が篠宮の家と決別するまでは、自分たち兄妹弟には明確な敵がいた。憎むべき相手がいた。――父親《慶輔》だ。

極悪な父親がいたから、沙也加は自分の気持ちに蓋《ふた》をしていられた。

雅紀にエコヒイキされていた尚人は鬱陶しかったが、そこはまだ我慢ができた。尚人よりも更に憎い父親がいたからだ。けれども、母親が自殺して抑え付けていたものが一気に爆発してしまった。

尚人が翔南高校に合格したと知った、その日、沙也加は悔し涙に暮れた。母親が死んでも母親のためには一滴の涙もこぼれなかったのに、その日、沙也加はボロ泣きした。

尚人に負けた。その悔しさと屈辱で、涙が止まらなかった。

おかしなもので、その悔しさが逆にバネになった。

もともと、沙也加の成績はよかった。小学校でも、中学でも、何かと派手目立ちだった雅紀の妹――という目で見られていたから、それなりの見栄とプライドがあった。雅紀の妹として恥ずかしくない言動を心がけていた。

雅紀の妹であることが誇らしかったからだ。

お兄ちゃん大好きの超ブラコンだったからだ。

高校受験の模擬判定でも成績評価は常にAランクだった。でも、失敗した。受験直前になってあの女が自殺なんかするから。最悪に、最凶に運が悪かっただけ。

だから。これ以上、尚人に負けてたまるかと活を入れた。高校受験には失敗したが、志望する大学には絶対にストレートで受かってやるのだと決めた。

そして、見事に合格した。

加門の祖父母は心から喜んでくれた。沙也加も満足できた。けれど、達成感には遠かった。一番に祝福してもらいたい人にはなんの言葉ももらえなかったからだ。

祖母の口から大学合格の話は聞いたはずなのに雅紀からはなんのリアクションもなかった。あんなひどい別れ方をしたのだから、それも当たり前。そんなことは初めから期待もしていなかった。……はずなのに。

でも。

もしかして。

もしかしたら…………。

頭の片隅で、ほんの少しだけ期待していたのかもしれない。それがきっかけで、もしかしたら、こじれた関係にも復活の兆《きざ》しが……なんて。

甘かった。

温《ぬる》かった。

──とことんバカだった。

そのとき、沙也加は、本当に雅紀との縁が切れてしまったのだと痛烈に自覚されられてしまったのだった。


その日。

沙也加は大学の講義スケジュールの空き時間に構内のカフェテラスにいた。

店内はそこそこ混んでいた。皆思うことは同じなのか、テーブルにノートや参考書を広げたり、ノートパソコンに何かを打ち込んでいたり、イヤフォン付きでスマホを弄《いじ》っていたりで、おしゃべりに夢中になっている者は少なかった。

席に着くなり沙也加もタブレットを取り出してネット・マガジンをチョイスし、お目当ての雑誌を開いた。

最近、何かと噂のファッションマガジン『ＫＡＮＯＮ』である。雑誌自体はすでに完売状態で電子書籍でしか見られない。

そのグラビアを飾るのは妖精王子《フェアリー・プリンス》ことユアンと、沙也加の所属する『アズラエル』イチ推しのモデル『ショウ』とのツーショットである。

ティーン・エイジャーに圧倒的な人気を誇る『ヴァンス』のウリがジェンダー・フリーであ

るせいか、ユアンは本当に性別を超越した美天使だった。

顔が小さく、腰高で、すんなりと足が長い。しかも、ダイエットとは無縁の細身で見事な八頭身。そこに中性的な魅力で売り出し中の『ショウ』が絡むと、絵面はどこから見てもファンタジーだった。

(うん。綺麗。ユアンとタメを張れるモデルって、やっぱり限られてるよね。『ヴァンス』みたいにちょっと癖のあるメンズ服を着こなせるのって『ショウ』くらいじゃない?)

と、言うか。メンズに限らずレディース・モデルだって、本音ではユアンと絶対に絡みたくないのではなかろうか。だって、妖精王子が相手だと、どう頑張っても喰われてしまうのは目に見えているから。きっと『ショウ』もすごく頑張ったに違いない。

だから、これはこれでいいのだろう。沙也加にとって不動の一番は雅紀なので、周囲がどんなに盛り上がっても『いいんじゃない?』で済ますことができた。

沙也加が『KANON』を電子版で見ようと思ったのは『ショウ』が事務所の先輩だからでも、ユアンに興味があったからでもない。『ヴァンス』のデザイナーであるクリストファー・ナイブスに関心があったからだ。

ぶっちゃけて言えば。あの日。『アズラエル』本社ビルの三階のカフェテリアで。事務所の二大巨頭である加々美と高倉、それに『ヴァンス』のクリス、それに、なぜだか知らないが部外者である尚人の四人がにこやかに談笑しているのを目撃しなかったら、こうして電子版で

『KANON』を見ようとは思わなかっただろう。

あれは、まさに衝撃的な光景だった。

どうして、尚人があの場にいたのか。その理由を知りたいのはもちろんだが、沙也加にとって一番ショックだったのは尚人がクリスとなんの遜色《そんしょく》もなく会話していたことだ。

もちろん。遠目だったから何を話しているのかまではわからなかったが、それって、もしかして英語で？　そう思ったら、後頭部を思いっきり殴られたような気がした。

まさか。

本当に。

……そういうこと？

それでもまだ、信じられなくて。いや……信じたくなくて、視界が変なふうに揺れた。

なんで。

どうして。

……いつの間に？

気のせいではなく。

マジで。

……英語がしゃべれるの？

ショックで喉がヒリついた。

翔南高校に受かって、ストレートで大学に入学して、できれば海外留学できるくらいに英語が堪能《たんのう》になって。そして、将来はグローバルな仕事がしたい。

それが沙也加の夢だった。

志とやる気はそれくらい高いほうがいいと思った。それを目標にして、あれこれとうるさい周囲の雑音を実力で蹴《け》散《ち》らして黙らせる。それが沙也加の描く未来図だった。

なのに、母親がすべてを台無しにしてしまった。恨んで怨《うら》んで憎んで……吐き気を催した。その傷跡《トラウマ》を尚人が無神経に引っ掻いた。憎くて憎くて憎くて憎くて……どうしようもなくなった。

雅紀のとなりで雅紀を支える。それは沙也加の役目だった。……はずなのだ。ただの夢と言うよりも誰にも譲れない真剣な熱情だった。

けれど。現実は、つくづく沙也加に優しくなかった。

雅紀に可愛がられているのは、尚人。熱望していた高校に入学できたのも、尚人。英語をしゃべれるようになったのも、尚人。

(なんで、尚だけ……)

悔しい悔しい悔しい悔しい……………………。

沙也加の欲しかった物は、夢は、希望は、みんな尚人が横から掻《か》っ攫《さら》っていく。

どうしてどうしてどうしてどうして……………………。

なんで、いつも。いつだって、尚人だけが幸運にエコヒイキされるのか。

不公平不公平不公平不公平……………。

無い物ねだりをしたって、虚しいだけ。そんなこと、誰に言われなくったって自分が一番よくわかっている。

でも。

だけど。

やっぱり。

こんなのは、絶対に——理不尽だ！

沙也加の頭は嫉妬と憤激で弾けてしまいそうだった。それ以降、沙也加の苛立ちは収まらない。胸の奥で、何かが、絶えずグツグツと煮え立っている。

そんな気持ちにとりあえず蓋をして、沙也加はクリスのインタビュー記事をじっくりと読み込んだ。

沙也加にはまだ服飾関係の専門用語は馴染《なじ》みが薄くてよくわからないこともあったが、それを抜きにしても、クリストファーの人柄がよく出ていると思われた。

真摯で、ウイットに富んでいて、ときどき妙にお茶目？

とても丁寧なインタビューだった。好感が持てた。モデルでも充分通用するのでは？　と思わせる素敵なイケメンだった。

きっと、人気が出るだろう。すでに、その手のファンサイトでは『ヴァンス』絡みで大いに盛り上がっているらしい。

じっくり最後まで読み込んで。最後の最後、小さな文字でインタビューの通訳者の名前が書かれてあった。

《通訳者『NAO』》

その瞬間、沙也加はギシリと奥歯を軋《きし》らせた。『NAO』……それが尚人だと直感して。今更ながらに激しい嫉妬に駆られた。

また、尚人に負けた。

沙也加は、何ひとつ尚人に勝てていない。

ストレートで大学に受かっただけで、高校受験の雪辱を果たせたような気になっていた。受験のための英語を頭に詰め込んだだけで、会話能力など眼中になかった。いや、最初に挫折を味わったときに夢はもう夢でしかなく、夢を追いかけることよりも目の前にある現実を選んでしまったのかもしれない。

沙也加にはもう雅紀のとなりに立って支えることができない。雅紀自身にも拒絶された。だったら、雅紀が見ている世界を雅紀と同じ目線で見てみたい。そう思って、モデルの道を選んだ。

運よく『アズラエル』と契約できた。嬉しかった。ようやく、自分にも運が向いてきたように思えた。これからの頑張り次第で、もっと雅紀に近付けるかもしれない。

なのに。

またもや。尚人が横からしゃしゃり出てきた。

——どうしてよッ？

気付いたときには、必ず、尚人の背中がある。その、なんとも言えない屈辱感。

自分が篠宮家の過去《ピアノ》に固執しているのに対して、尚人はいつの間にか未来を見据えて歩いている。それも、沙也加が思い描いていた未来図をなぞるかのように。その、どうにも埋めがたい格差を見せつけられたような気がして、頭の芯《しん》が急速に冷えていった。

《＊＊＊　新たな依頼　＊＊＊》

ついこの間新年を迎えたばかり……と思っていたら、季節はすでに春。

いつまでも年明け気分でのんべんだらりと過ごしていると、月日はあっという間に過ぎてしまう。——とは、よく言われることだが。雅紀《まさき》の場合は仕事が忙しすぎて気がつけばすでに三月だった。

「まーちゃん、ちょっと忙しすぎだと思うけど、大丈夫？」

尚人《なおと》に真剣に心配されてしまった。

モデルという仕事が好きだ。以前は、尚人を大学に行かせるためならスケジュール帳が真っ黒になっても頑張れる。加々美《かがみ》にもそれを公言して憚《はばか》らなかった雅紀だが、でも、さすがに最近はワーカーホリックぎみ？

仕事が順調すぎて怖い……などと思ったことは一度もないが、それでも『好事魔多し』的なことがないとも言えない。とにかく、尚人を心配させないように体調には充分気をつけようと思う雅紀だった。

そんな、ある日。

京都《きょうと》市内のフォトスタジオで『和装男子』をテーマにした雑誌の撮影が終わって、控え室のロッカーから荷物を取り出したところでバイブにしておいたスマホが鳴った。

着信表示は『加々美蓮司《れんじ》』だった。

（相変わらずタイミングが良すぎ）

苦笑まじりに通話をONにする。

「雅紀です」

『加々美だ。ちょっと、おまえに頼みたいことがあるんだけど。今、いいか？』

「はい。大丈夫です」

幸いと言うべきか、雅紀の出番《とり》は最後だったので控え室には他に誰もいない。

けれども。最近は加々美からの『頼み事＝無茶振り』という図式が定着してしまったこともあって、雅紀は少しばかり身構えた。

『急で悪いんだけど、尚人君にまたバイトを頼みたいんだ』

内心、雅紀はげんなりする。

『今、おまえ、すげーイヤな顔をしただろ』

茶化すように加々美が言った。何もかも、お見通し……らしい。ときどき、加々美は電波系が入っているのではないかと、本気で思う雅紀だった。

「今度はなんですか?」

『ご指名だよ、ご指名』

口調は軽いが、声音は低い。

「はぁ? 誰の、ですか?」

『クリスに決まってるだろ。五日後、いよいよウチとあっちで正式な契約書を取り交わすことになって、クリスがやって来るんだよ。ユアンを連れて』

もはや、加々美にはオフレコにする気もないらしい。

(ていうか、まーた『ヴァンス』絡みかよ)

やはり、天敵に間違いない。

「いいんですか? 部外者の俺に、軽々しくそんなことを言って」

『いいんだよ。クリスが指名依頼を発動した時点で、おまえも漏《も》れなく関係者なんだから』

(すんげーこじつけもいいとこ)

そもそも、雅紀はまだそのことに関して了承した覚えはないのだが。

「勝手に関係者扱いをされても困ります」

本音が駄々漏れた。

『報道関係者への公式会見の通訳はこっちで用意するんで、尚人君にはユアンのほうを頼みたいんだ』

加々美は雅紀のぼやきをさっくりと無視してくれた。

(だからぁ、なんでナオがやる前提なんだよ)

さすがにイラッときて。

「加々美さん」

呼びかける口調にも、それと知れる棘《とげ》がこもった。

『事後承諾みたいで、ホント、すまん。無茶振りのゴリ押しなのも、よーくわかってる。本当に申し訳ない。……ダメかな？』

(だから、そういうのは反則だって。そこまで下手《したて》に出られたら断れないでしょうが)

雅紀はどんよりとため息を漏らした。あえて、加々美にも聞こえるように特大の重低音付きで。

「加々美さんに取って付けたようなカワイ子ぶりっ子をされてもなぁ」

スマホの向こうから乾いた笑いが漏れた。

「一応、言っておきますけど。ナオは学業優先なので、そちらの都合で学校を休ませたりできませんから」

そこだけはきっちりと念を押す。

『そりゃあ、もちろん。こっちからバイトをお願いするわけだから、そこまで厚かましくないって』

無茶振りのゴリ押しでこちらに話を振ってくるだけで、充分図々しいと思うが。たぶん、加々美相手にそんな嫌味は通じないだろうが。

二度あることは三度ある。まったくもって嫌なジンクスだ。雅紀にとっては、だが。この分だと、なし崩しで尚人は『アズラエル』の非常勤アルバイト要員に強制指名されてしまいそうだった。

なんだか偏頭痛がしてきた。

どうして、こうなった?

(『アズラエル』預かりの話なら、俺、きっちりと断ったよな?)

間違いなく。

それを、こうもあっさり反故《ほご》にされた苛立《いらだ》ちはある。当然、むかっ腹も立つ。

だが、堰《せき》を切ってあふれ出た水の流れを止めることは難しいのだと、頭の隅で思っていたのは事実だ。……ジレンマである。

(既成事実は作ってしまった者勝ちってか?)

その論理はよくわかる。なにしろ、ある意味、雅紀はその情理《エゴと執着》の実践者でもあるからだ。

きっと、クリスの指名権発動には高倉《たかくら》も一枚嚙《か》んでいるに違いない。共謀罪、確定である。

『両社の契約締結記念ということで、出版部から完全予約制でユアンと「ショウ」の豪華ムック本を出すことになってるんだ』

へぇー。

……なるほど。

………そういうこと？

「さすが、大手は商魂逞《たくま》しいですね。予約でしか手に入らないっていうプレミア感がすごそうです」

多少、台詞《せりふ》が棒読みになってもしかたがない。

『まぁ、当然、予約数が期待度のバロメーターにはなるよな。特に、ユアンのオフタイムの露出とか、初めてになるんじゃないか？　そこらへん、今までは「ヴァンス」のガードが徹底してたからな』

専属モデルのミステリアスなプライベート。それが『ヴァンス』としての基本戦略というよりはむしろ、超絶人見知りなユアンの存在感そのものが浮き世離れした世界を構築しているのだろう。

（そりゃあ、期待度ＭＡＸ？　今度は雑誌のスチールと違ってムック本だからな。あの妖精王子《フェアリー・プリンス》とタイマン勝負する『ショウ』のプレッシャーも超絶ＭＡＸだろうけど）

『アズラエル』の代表として負けられない感がすごいだろう。周囲の期待も半端ではないだろうし。モデルの実績としてはド新人クラスの『ショウ』がユアンに勝てるとは誰も本気で思ってはいないだろうが、それはそれ、これはこれ……である。だからこそ、チャレンジャーとしてのやりがいがあるのも事実だ。

どこまで食い下がれるのか。ある意味、見物である。『ショウ』のモデルとしての真価が問われる試金石になるかもしれない。

(見てみたい気はするよな。できれば、ナマで、じっくりと)

無理なことはよくわかっているが、雅紀のモデル魂が妙に疼《うず》いた。

『当日はクリスもいろいろ忙しくて、ユアンには付きっきりになれないってことで尚人君に指名依頼が来たんだ』

「なるほど。つまり、さすがの加々美さんでもユアン番は荷が重いってことなんですね？」

『嫌味か、そりゃあ』

「嫌味のひとつやふたつ、言いたくもなりますって」

加々美がむっつりと押し黙る。

「とにかく、俺的には、あくまでナオは裏方ってことを徹底してもらえればいいです」

それ以外に、何を言えと？　——である。

『顔も名前も表には出さない。けど、たぶん、スタッフの好奇心はMAXだと思うぞ？　前回のグラビア撮りのときも、あのユアンとナチュラル・トークしてた尚人君を見て、みんな、唖《あ》然《ぜん》・呆然《ぼうぜん》・絶句……だったらしいからな』

むしろ、クリスや高倉はその再現を狙っているのではないだろうか。『あの子はいったい、どこの誰?』的なインパクトを。

「もしかして、当日は加々美さんも現場に行くんですか?」

『当然だろ。と言っても、どうやら俺はクリス番になりそうなんで、そっちは高倉に任せることになりそうだけどな』

「え?　わざわざ高倉さんが出張ってくるんですか?」

思わず語尾が跳ね上がった。

統括マネージャーが自ら撮影現場にやって来る?

(……ありえねー)

『真っ先に手を上げたぞ?　おかげで、現場スタッフのストレスは倍増しそうだがな』

今度は雅紀が乾いた笑いを漏らす番だった。

(高倉さん、どんだけ気合いが入ってるんだよ)

今度は他所様《よそさま》とのコラボ企画ではなく『アズラエル』主催だから、嫌でも気合いが入るのはわかるが。それにしたって……である。現場のストレス倍増なんて、しれっと口走る加々美も加々美だが。

『まっ、そういうわけだから』

「……了解しました」

『あ、それと。詳細は直《ちょく》で尚人君と遣《や》り取りしても構わないか?』

「そのほうが二度手間にならないんで、構いません。とりあえず、俺のほうからナオに連絡を入れておきますので、明日くらいにお願いできますか？」

『わかった。じゃあ、またな』

通話をＯＦＦにすると、いきなり疲れがどっと溢《あふ》れ出て。雅紀はどでかいため息をひとつ落とした。

§§§§§　§§§§§　§§§§§　§§§§§

その夜の篠宮《しのみや》家。

いつものように雅紀から『おやすみコール』が来たとき。なんだか、雅紀がひどく疲れているような気がして。

「まーちゃん、ちゃんと食べてる？」

尚人は思わず口にした。

『え？　いきなり、どうした？』

当惑ぎみに問い返されて。

「や、なんだか声に張りがないなぁ…って。やっぱり疲れてるんじゃないの？」

『別口で、ちょっとどんよりしてただけ』

「別口って？」

『加々美さんから、また、ナオにバイトのお願い』

「……マジで？」

尚人のトーンがいきなり落ちた。当惑、困惑……そんなものが入り交じった声音になった。

『マジで』

「今年に入ってから、これで三度目だよね？　多くない？」

加々美からの『お願い』が嫌だとか、そういうことではなく。ただ単純に『本当に俺でいいのかな？』と思っただけ。

加々美はメンズ・モデル界の不動の帝王様で、片や、尚人はただの高校生。本来ならば、気軽に話もできないほどの分厚い壁がある。そんな加々美が、こんなふうにホイホイ頼み事を持ちかけてきても大丈夫なのだろうかと。

正直にそれを口にすると、雅紀はくすりと笑った。

『今回は前々回に比べたら、切羽詰まってないだけぜんぜん余裕？　らしい』

「……そうなんだ？」

『詳しいことは、また、加々美さんが直接ナオと話がしたいって言ってたから、それでいいよな？』

「えーと、また通訳をするってことなのかな？」

とりあえず、それだけでも聞いておきたかった。

『あー。「ヴァンス」のデザイナーからの直々のご指名らしい』

「クリスさん？　え？　クリスさん、また来るの？」

ビックリである。前回のカレルからのメールではそういう話は出なかったから、よけいに驚いた。

『加々美さんとこと「ヴァンス」が正式に専属契約をするってことで、クリスとユアンの二人が来るらしい』

「ユアンも来るんだ？」

思わず声が弾んだ。

もしかしたら、そのときにユアンと雅紀の話で盛り上がれるかもしれないと思うと、妙にテンションが上がった。

『何？　嬉《うれ》しそうだな』

尚人のテンションがただ上がりなのとは逆に、雅紀のトーンがすっと落ちた。

「だって、ユアンとナマでいろいろ話ができるかもって思ったら、嬉しくて」

『へぇー……。すっかりマジ友って感じだな』

「ユアン、まーちゃんのファンだから。二人でまーちゃんの話で盛り上がれるかなって。俺、まーちゃんの話ならいくらでもしゃべってられそう」

間違いなく。それだけは自信を持って言えた。

伊崎《いざき》にメールをしたことが、こんなにも早く実現するとは思ってもみなくて、尚人は笑みがこぼれまくりだった。

「すっごく楽しみ」

『……まっ、ほどほどにな』

「うん、頑張る。まーちゃんも、ちゃんと身体《からだ》に気をつけてね？」

『あー。じゃあ、な』

「おやすみなさい」

通話を終えて携帯電話を机に置くと、尚人は気持ちを切り替えるようにひとつ大きく伸びをした。

(よッし。ンじゃ、さっさとテキストを片付けてしまおっと)

§§§§§　§§§§§　§§§§§　§§§§§

京都《きょうと》市内にあるビジネスホテルの一室。

デスクチェアーに背をもたれたまま、雅紀はスマホの通話を切った。

『俺、まーちゃんの話ならいくらでもしゃべってられそう』

先ほどの尚人の言葉を思い出して、唇の端が緩んだ。

業界では『超絶人見知り』などとふんわりぼかされてはいる、あのユアンと雅紀の話で盛り上がると素で豪語する尚人のド天然ぶりがすごすぎる。そんなこと、尚人にしか言えない台詞だろう。

「今更、なぁにビクついてるんだかなぁ」

つい、ボソリと本音がこぼれ落ちた。

雅紀がどれほどエゴ丸出しの嫉妬《しっと》に駆られても、なにげない尚人の言葉ひとつでこうもあっさりといなされる。そのたびに、雅紀はしみじみと実感させられた。きっと、自分にとっての尚人は闇夜を照らす月なのだろうと。

眩《まぶ》しく視界を焦がす太陽は蒼天《そうてん》に輝きをもたらすだけだが、月は日々変質する。

月明《げつめい》の夜は皓々《こうこう》と冴《さ》え渡り、新月になれば深々《しんしん》と孤影を映し出す。

月は欠け。

やがて、満ちて。

また、欠ける。

蝕《しょく》があり。

初虧《しょき》が始まり。

やがて、復円する。

そういう理屈ではない情愛の起伏に一喜一憂させられる。

焦《じ》れて。

焦《こ》がれて。

身を焼き。

――渇仰する。

天上の月を映す水面《すいめん》は常に静謐《せいひつ》であるとは限らない。水面《みなも》の月は、ときに揺らぎ、ぶれて、見失う。

けれども。どんなにグラグラと揺らいでも、尚人の嘘《うそ》のない言葉と眼差《まなざ》しが胸の奥に染み渡る。それが、ひどく心地よくて。

（よし。明日も頑張ろう）

雅紀はバスルームへと向かった。

§§§§§　§§§§§　§§§§§　§§§§§

雅紀から『加々美さんからのお願いの件』で電話をもらった、翌日。夕食を終えたあとに加々美本人から連絡があった。

『またまたまた……で悪いんだけど、お願いできるかな？』

三度目ともなると、加々美の口調もグッと砕けてきた。

「えーと、何をすればいいんでしょう？」

『尚人君に頼みたいのは、主に、当日のユアンのサポートなんだけど』

なるほど。通訳というよりはお世話係のようなものかと、尚人は納得した。

『ユアンと素で会話できる人間ってものすごく貴重なんだよ。僕とカレルは家族同然だからユアンもリラックスしてくれているけど、身内でもダメな奴《やつ》は本当に絶対にダメでね』

不意に、クリスの言葉が思い出された。

尚人には、業界で噂《うわさ》されているらしい『超絶人見知り』説と実際に会ったときのユアンの実像がいまいち嚙み合わない。そういう噂が耳に入る前にユアンの為人《ひととなり》を知るチャンスに恵まれたから、もちろん、それもあるだろうが。クリスの言葉を借りるなら、まったくの初対面で目と目が合った瞬間に無条件で尚人を友人として受け入れてくれたのだろう。

さすがに、初めはビックリしたが、それがユアン流のアプローチの仕方だと思えばすんなり納得できた。

人と人との出会いにセオリーはないという言葉の意味が実感できた。素のままのユアンと知り合えたことが、とても嬉しい。

だから、尚人にとって、今回の依頼はユアンと雅紀の話で盛り上がれるかもしれないというアドバンテージしかない。

『ユアンのメインは誓約締結記念に出すムック本の撮影なんだけど。当日、クリスがスタジオに入れるのはスケジュール的にギリギリになってしまうかもしれないんで、尚人君にはそこらへんのサポートをお願いしたいわけ』

（うわぁ……。また、ユアンのナマ撮りを見学できるんだ？　すごい役得）

前回はインタビューの通訳というのがメインだったし、何もかも初めて尽くしで、結局のところ『へぇー』『うわぁ』『すごい』で終わってしまった。

でも、今回はユアンのサポートなので、じっくり好きなだけ堪能《たんのう》できる。――はずだ。

今からワクワクである。

「わかりました。じゃあ、詳しいスケジュールとかをメールしてもらっていいですか？」

『了解。じゃあ、撮影スタジオのマップも添付しておくから、駅からタクシーで直行してもらえるかな？』

「はい」

『じゃあ、よろしく頼むね？』

その後、加々美からメールで詳細が送られてきた。

撮影日は日曜日だった。それを見て、尚人は、少々自分の迂闊《うかつ》さを反省した。

（そうだよ。まず、撮影日をちゃんと確認してから返事をしなくちゃダメじゃん。今回は日曜日だからよかったけど、ウイークデイだったら俺マジで行けなかったよ。学校あるし）

とんだマヌケである。

仲間内の約束事ならば『ゴメン。ついうっかりしちゃって』で済むが、アルバイトといえどきちんとした仕事でそんな言い訳が通るとは思えない。

反省。

……反省。

…………ド反省。

はぁぁ……と、どんよりため息を漏らして。尚人はどっかりと椅子にもたれた。

§§§§§　§§§§§　§§§§§　§§§§§

三日後。

アパレル・メーカー『ヴァンス』とモデル・エージェンシー『アズラエル』が正式にモデル専属契約を結んだ。

今や『アズラエル』はモデルのみならず、アスリートやタレントのマネージメントも手がけている関係で、ファッション業界だけではなく多くのマスコミもその件を報じた。

会見では加々美がクリスの通訳を務めた。メンズ・モデル界の帝王と気鋭のデザイナー兼オーナーのタイプは違うが最高ランクのイケメン・コンビによる惜しみない笑顔が披露され、ファンを大いに沸かせた。

その関心度は高く、ニュースはすぐにネットで拡散された。

【加々美さん、やっぱりサイコー～～!!】

【スクエア眼鏡のクリストファーが格好良くてシビれた】

【やっぱ、ひげ面が似合うのは外国人だよねぇ】

【あのおヒゲですりすりされてみたい♡】

【加々美さん、最近はプロデュース業が忙しいのかめっきり露出が減って寂しい思いをしてたけど、相変わらずの艶男《いろおとこ》ぶりにクラクラめまいがした】

【加々美ロスが解消されて超うれしー♡♡】

【通訳だけなんて、もったいなさすぎでしょ】

【加々美さんとナイブス氏が顔を寄せ合ってヒソヒソやっているのを見て、よからぬ妄想が爆発しそうだった〜〜】

【イケメン・オーラの二倍増しの破壊力がすごすぎる】

パソコンで今週のトピックスを見ながら、尚人は、ほぉ……とため息をついた。

(加々美さんとクリスさんの記者会見って、ホント、何度見てもすごいよなぁ。二人が並ぶともうそれだけでオーラが半端ないっていうか……。目がつぶれそうだって)

何かもう、インパクトがありすぎて『すごい』としか言えない尚人であった。

《＊＊＊　それぞれの思惑　＊＊＊》

三月某日。

日曜日。

午後十二時十分頃。

加々美から駅に着いたらメールを入れるように言われていたので。

【こんにちは、加々美さん。今、駅に着きました。これからタクシーに乗って向かいます】

簡単なメールを送信したら、即レスがきた。

【メールありがとう。スタジオ前でウチのスタッフが待っているので、よろしく。こっちも仕事が片付いたらクリスと二人で直行します】

それからタクシーに乗って本日の撮影現場であるKカンパニー・スタジオに到着した。五階建てのチャコールグレイの外観が青空にくっきりと際立っていた。

（なんか、オシャレって言うより存在感マシマシの威圧感みたいなものを感じるよな）

タクシーはエントランスに横付けされて、尚人は降りた。

すると、そこで待っていたのはオーダーメイドの三つ揃い《スーツ》をきっちり隙《すき》なく着こなした高倉だった。

（え？　ウソ。高倉さん？）

加々美のメールでは『アズラエル』のスタッフが入り口で待機しているという話だったが、まさか、それが高倉だとは思わなかった。

ビックリである。前回、『アズラエル』の本社前で加々美に出迎えてもらったときには思わず笑みがこぼれてしまったが、今回、高倉の顔を見たとたん心拍数が激上がりしてしまった。

その違いは何？

やはり、親しみやすさであろうか。

（なんで、高倉さん？）

高倉だって『アズラエル』の社員なのだから、加々美の言葉に嘘はないのだが。こういうサプライズはいらないかな。なんて、つい思ってしまった。

（フツー、ありえないよな）

お偉いさん自ら現場に出張ってくるなんて、予想もしていなかった。しかも、まるで使い走りのように玄関先で尚人を出迎えにくるなんて、本当に、どういうブラック・ジョークだろうかと。

どちらかと言えば、記者会見でクリスと並んで座っているほうが断然似合っている。そう思うのは、尚人だけではないだろう。

「こんにちは、高倉さん」

　尚人が頭を下げると。

「こんにちは、篠宮君。今回またこんなふうに面倒なことを押しつけることになって、本当に申し訳ない」

　きっちり深々と頭を下げられて、かえって尚人のほうがあたふたしてしまった。

　ドキドキドキ。

　ドクンドクンドクン。

　こういうのマジで心臓に悪いからやめてほしい。

「いえ、あの、その……。ユアンとこんなに早く再会できるなんて思わなかったので、今日はとても楽しみです」

　多少顔が引き攣《つ》りぎみに言うと、高倉は口の端で薄く笑った。

「そう言ってもらえると、とりあえずホッとしたかな」

　それが本音か建て前かは別にして、冷静沈着を絵に描いたような高倉に頭を下げられた上に笑顔まで向けられて。

（なんか、俺、すごいモノを見ちゃったような気がする）

　尚人の心拍数はまたもやバクバクになった。

挨拶が済んで、二人は肩を並べてスタジオに入った。前回と同じように手渡されたＩＤを首に掛ける。

前々回、元旦のときにはただ『スタッフ』と書かれていただけだった。

前回、クリスとの話し合いで『アズラエル』の本社ビルを訪れたときには訪問客扱いの『ＶＩＳＩＴＯＲ』だった。

そして、今日のスタッフ証には『ＮＡＯ』と書かれてあった。それは『ＫＡＮＯＮ』のインタビュー記事に通訳者の名前を載せるときに本名では何かとマズいだろうからと、呼ばれ慣れている愛称をローマ字表記にしてもらったのだ。それと同じ名前のＩＤを見て、尚人はなんだかくすぐったいような気分になった。

今回は『アズラエル』と『ヴァンス』が専属契約を結んだことを記念してのムック本のための撮影だと聞いていた。

ムック本なるものがどういうものなのかはイマイチよくわからないが、完全予約制と聞いてプレミア感が高そうだなと思った。もしかして、シリアル・ナンバー入りだったりするのかもしれない。

そんな豪華本の撮影を見学できるのかと思っただけで、なんだかドキドキした。

「撮影が始まるのは午後二時からなので、このままユアンの控え室に行きます」

「はい」

エレベーターで二階に上がり、陽当《ひ》たりのいい窓ガラスが連なった廊下を歩いて高倉が英語で『ユアン・ミシェル様』と書かれた張り紙が貼ってあるドアを軽くノックすると、すぐに中からドアが開いた。まるで、ドアのすぐそばで誰かが待機していたかのように。

ドアを開けて顔を覗《のぞ》かせたのは、見知らぬ人だった。

男は高倉と同じように仕立てのよさそうなスーツを着ていた。首にはＩＤストラップ。男は高倉の顔を見てなんだかホッとしたように表情を緩め、その流れで背後にいる尚人を見やって、今度は『え？』という顔つきになった。

どうやら、尚人が来ることは知らなかったようだ。もしくは、誰かが来ることは聞いていたが思い描いていたイメージがまったく違っていたか、だろう。その顔つきが、尚人が臨時通訳だと知らされたときの『ＫＡＮＯＮ』の専属ライターと同じような気がして。

（やっぱり、年齢的なものが大きいのかなぁ）

海外のＶＩＰ関係者相手に高校生の通訳で大丈夫なのか？　……みたいな。

（俺って、そういう押し出しみたいなのって皆無だし？）

充分、自覚済みである。

こういう場合はハッタリでもいいから『大丈夫、まかせておいて』的なものをアピールするべきなのだろうか。まぁ、付け焼き刃ではボロが出るのも時間の問題だとは思うが。

あえて長所を挙げるとすれば、雅紀絡みで加々美や高倉、伊崎といった癖のありすぎる（もちろんいい意味で）大物クラスと知り合えたことで、無駄に萎縮しないでいられることくらいだろうか。それでも、内心のドキドキ感までは止められないが。

「変わりないか？」

高倉が声を掛けると。

「ありません」

男がひっそりと応じた。

その遣り取りがまるで室内に入るための合い言葉みたいで、尚人は内心くすりと笑えてしまった。

高倉に促されて中に入ると、ソファーにずっぽりと埋まるようにユアンが体育座《三角》りをしていた。耳にはイヤフォン。目を閉じて、何かに聴き入っていた。

（あれ？　ユアン、一人？）

ユアンのようなＶＩＰにはそれなりの待遇が当たり前のような気がして、つい『これって普通なんですか？』的に高倉を見やると。

「ユアンは知らない人間がいるとかえって落ち着かないようでね。ナイブスさんからも世話係は最小限で、と言われているんだよ」

まるで、尚人の疑問を予期していたような答えが返ってきた。なんだかツーカーな気分である。いかにもできる仕事人な高倉とツーカーになれて嬉しいかと聞かれれば、恐れ多いと言うしかないが。

（あー、それで俺が呼ばれたのか）

ようやく、尚人は納得した。少なくとも尚人は初対面ではないし、カレル経由でメールの遣り取りもある。と言っても、親密というにはほど遠いが。

（初めての場所で顔見知りもいないんじゃ、やっぱり寂しいよな）

人見知り＝ボッチではないと思う。

「クリスさんは？」

「こちらに来るのはギリギリになるかもしれない」

そういえば、加々美もそんなことを言っていたような気がする。クリスはクリスで精力的に動いているのだろう。

テーブルに軽食とおぼしき物が置かれているようだが、パッと見てもまったく手が付けられていないようだ。

そんなことをつらつらと思い巡らせていると、不意に、ユアンがゆったりと目を開けた。どこか夢心地のようにふわついていたラピスラズリの双眸《そうぼう》がしっかりと尚人を認識した。

……ような気がして。尚人は『やぁ、こんにちは』の代わりに軽く右手を挙げた。ユアンがイヤフォンをしたままだったので、もしかしたら声を掛けても聞こえないかもしれないと思ったのだ。

するとユアンは。イヤフォンを外して表情を変えないままスタスタと尚人に歩み寄ってくると、いきなり尚人の頭を二度三度と撫《な》でて。『ン』とばかりに目で頷《うなず》いて、またスタスタとソファーに戻っていった。

これとまったく同じことを元旦の控え室でやられたことを思い出す。

（えーと……。これって、あれかな。ユアン式のこんにちはバージョン？）

さすがに二度目ともなると初回ほどのインパクトはなかったが。

それでも、少々面食らう。

（とりあえず、これで挨拶は済んだってことだよな）

すっぱりと気持ちを切り替えてから、尚人はゆったりとした足取りでユアンのほうに歩いて行った。

「ユアン、久しぶり。元気だった？」

尚人が声を掛けると、ユアンはちょこんと左手を挙げた。見慣れたその仕草に、尚人の口元が綻《ほころ》んだ。

（ホント、可愛《かわい》いよなぁ）

業界では名の知れたモデルにそんなことを思うのは不遜《ふそん》かもしれないが、年下だと思うとつ

い気も緩んだ。ひねくれ天邪鬼《あまのじゃく》な裕太《ゆうた》のツンデレぶりとはまったく別ものの可愛らしさは、なんだか本音でほっこりさせられた。

あれから、ユアンが『妖精王子』と呼ばれているのだと知り、尚人は大いに納得した。

〔ユアン、お腹すいてない?〕

朝食を食べたのがいつかは知らないが、テーブルにある豪華なサンドイッチには手が付けられていないようだし。腹が減っているのではないかと思ったのだ。

〔俺、お弁当を作ってきたんだけど、食べる?〕

どうせ、昼食はこちらで食べるつもりだったので、前回と同じように弁当を持参してきたのである。

〔お…べんと?〕

聞き慣れない単語だったのだろう。ほんの少し小首を傾《かし》げて問い質《ただ》すしぐさが可愛すぎた。

〔そう。唐揚《からあ》げもあるよ?〕

〔からげ!?〕

ユアンのトーンが跳ねて、ぐいと身を乗り出す。

〔食べる?〕

〔からげ、食べる〕

こくりと頷くユアンに目を細め、尚人は今更のように高倉を振り返った。

「あの、高倉さん。撮影前ですけど、ユアンに唐揚げとか食べさせても大丈夫ですか？」

前回はいきなりパクリとやられたので止める間もなかった。唐揚げはニンニク醤油《じょうゆ》につけてあるので、一応、確認を取る。順番から言えば、高倉に声を掛けてからユアンに唐揚げのことを伝えるべきだったかもしれないが。

「まぁ、ほどほどであれば大丈夫じゃないかな」

「はい。ありがとうございます」

実のところ、尚人はユアンに唐揚げを食べさせる気満々だった。あれだけ気に入ってもらえたのだから、持ってこないという選択肢はない。

それとなく雅紀に聞いてみると。じゃあ臭い消しのガムを持っていけばいい、とアドバイスをされたのだ。なので、一応、ミントガムを持ってきた。

高倉の了解も得たので、リュックの中から弁当を出してテーブルに広げる。

いつもの尚人の食べる量からすると倍増である。唐揚げだけではなく、とにかく彩りよくいろいろ見繕ってきた。今日はおにぎりではなく一口サイズにラップした手まり寿司《ずし》にしてみたのだ。

ユアンは瞬《まばた》きもせずに弁当を凝視している。きっと、見たこともない物がいっぱいだったのだろう。

これは、何？

あれは、何？

美味《おい》しいの？

気の済むまで尚人に質問をしてから、まずは唐揚げをプチフォークで刺して食べた。……とたん、表情の乏しいユアンの顔が少しだけ綻んだ。

〔からげ、おいし……。これ、好き〕

おいしい物は正義。——とか、誰かが言っていたが。その感覚は世界共通だよなぁと、尚人は改めて思うのであった。

§§§§§　§§§§§　§§§§§　§§§§§

へぇー……。

——ほぉ。

いやはや……。

——なるほど。

高倉は、こちらで用意させた軽食（有名どころのデリカ・ショップで買ってきたサンドイッチ&ジュースのセットメニューとクッキー）には見向きもしなかったユアンが、尚人の持参した弁当を興味深げに覗き込んでパクリ、パクリと食べていく様を見て、内心、唸《うな》った。さすがに、この状況はまったくの予想外であった。

先日、クリスが語ったところの。

『ユアンが自分から関わりを持とうとしたのって、君が初めてなんだ』

その言葉がリアルに実感できた。

だが。

さすがに。

室内に入って、ユアンと目が合った——とたん。スタスタと歩いてきたユアンが尚人の髪を二、三度モフって、何やら満足げに（無表情でわかりにくいが、たぶん、間違ってはいないだろう）頷き、また何事もなかったかのように戻っていくのを目にしたときには。

……え？

……ハァ？

……どういうこと？

まさに目が点になった。

背後に控えていた部下の桐生《きりゅう》がそっと近づいてきて。

「あの、高倉さん。今のあれ……なんだったんでしょうか？」

なんだかショックの覚めやらぬ声で言った。

『アズラエル』では、誰も役職では呼ばない。男女平等に、すべて『さん』付けである。

だからといって、肩書きの格差は歴然としているからそれ相応の対応になる。間違っても、陰の総裁呼ばわりをされている高倉と肩並びで話しかけるバカはいない。

それができるのも、許されるのも。タメ口で話しかけるのを黙認されているのも、アポイント無しに高倉の執務室に出入りをして我が物顔に寛《くつろ》げるのも。『アズラエル』での肩書きはただのモデルだが、その実メンズ・モデル界の帝王と呼ばれる加々美くらいのものであった。

『アズラエル』で第三営業部と言えばＴＯＥＩＣの高レベル資格保持者であることが第一条件のエリート部署である。もちろん桐生もその例に漏れなかったが、さすがにユアンは例外中の例外であった。

にこやかに話しかけても完全スルー。まったく相手にもされなかったようで、さすがに手に余ったようだ。事前にユアンが超絶人見知りで、ユアンの前ではみんな横並びの塩対応……どころか激辛案件。その認識がなければ、自分の何がいたらなかったのかと思い悩んでズドンと落ち込んでしまったことだろう。

「よくわからんが、あれも一種の挨拶代わりじゃないか？」

たぶん。

……おそらくは。

……だと思われる。

なにしろ、やられた本人がまったく動じていないようなので。

「あれが……ですか?」

桐生の声が微妙に引き攣っている。

「ユアンの視界に入れる者は限定されるみたいだからな」

「まず、そこからですか?」

「それこそ、篩《ふる》い分けだろう」

「彼は、そのレベルに達しているということですか?」

『アズラエル』のエリートの自覚も実績も肩書きも、ユアンにはまるで通用しなかった。桐生にしてみれば、自分にできなかった一線をなんの苦もなくあっさりと飛び越えてしまった尚人に対して、何かしら思うところがあったのかもしれない。

人を選別する明確な線引きがどこにあるのか。それはユアンにしかわからない。しかも、ユアンがそれを自分の口で語ることはないのだろう。

(クリスも言ってたしな。身内であっても選別される……みたいなことを)

いっそ傍観者に徹してしまえばあれこれ悩むストレスはなくなるだろうが、仕事にしろプライベートにしろ、どんな形であれ一旦ユアンに関わってしまうと、そういう割り切り方が難しいのかもしれない。

誰にも懐かない妖精王子を振り向かせたい。

希有《けう》なラピスラズリの瞳を独り占めしたい。

裏を返せば、大なり小なり、ユアンという存在が何かしらの感情を掻《か》き毟《むし》る魅力《トリガー》になるということなのだが。

尚人のどこが、何が、どんなふうにユアンの琴線に響いたのか。おそらく、尚人自身もわからないのではないだろうか。

そして。たぶん、尚人にはそれがどれほどの価値があるかなど、どうでもいいのだろう。

羨望《せんぼう》。

妬《ねた》み。

嫉《そね》み。

選ばれた者に対する、選ばれなかった者の心情はシンプルに屈折する。それによって周囲がどんなにざわついても、尚人はさっくりと無視することができるのだろう。

(それって、やっぱり、父親絡みのスキャンダルと無関係とは言えないんだろうな)

自分にとって何が一番大切なのか。それが揺らがない最大のポイントなのだろう。『MASAKI』を見ていれば、よくわかる。

護《まも》るべきものがあって、そのためにがむしゃらにでも強くなる必要があった。

いるもの。

いらないもの。

それを選別するための迷いがないのだろう。

切り捨てる勇気？　それとも、希求するための断絶だろうか。

雅紀にとって『弟』はいるが『妹』はいらない。つまりは、それに尽きるのだろう。

見かけ雅紀とは真逆だが、もしかしたら、本音の部分で尚人もそういう割り切り方ができるのかもしれない。

（……いいねぇ）

眼前で仲良く弁当をつつく二人を見やって、高倉はうっすらと片頬で笑った。

百聞は一見にしかず。

クリスがあの手この手でもって尚人を欲しがるわけを充分に理解することができたように思った。

§§§§§　§§§§§　§§§§§　§§§§§

〔ねぇ、ユアン。ユアンは『ＭＡＳＡＫＩ』のどこが好きなの？〕

尚人が一番聞いてみたかったこと。
〔マサキ、きれい。ランウェイ、歩くの、すごく、きれい〕
〔うん。すごくカッコいいよね〕
尚人もネットで見たことがある、雅紀のウオーキング。
ファッション・ショーを生で見る機会なんてまったくない。テレビ中継が入るわけでもない。それでもネットで検索をかけてみると、予想外にヒットするのだ。ファンサイトも充実している。それだけ、雅紀の人気がすごいということなのだろう。
雅紀が音楽に乗って颯爽《さっそう》と歩く。腰高なのにブレないのだ。体幹がしっかりしているのは、やっぱり剣道をやっていたからだろうか。
足を止めてのキメ顔が超絶シビレるくらいにカッコいい。
〔ギャビンのナンバー13。あれが、いちばん好き〕
そう言って、二個目の唐揚げにかぶりつくユアン。
ギャビンというのがどれのことなのかわからないが、きっと、ユアンにとっては強く印象に残っているのだろう。
〔ベルーナ・アガーテ、ロングジャケットのショット、あれも好き〕
〔そうなんだ?〕
〔ザムザ、ナンバー10、ターン、きめるとこ。すごく、カッコいい〕

淡々と饒舌《じょうぜつ》に、ユアンが『MASAKI』の好きなところを語る。
〔うわぁ……。ユアンの記憶力って、マジですごいんだな。もしかして、全部ソラで言えるくらいに覚えてるんだ？〕
意外なユアンの特技を垣間《かいま》見たような気がした。
ユアンがモデルとしての『MASAKI』が本当に好きなのだと知ることができて、嬉しかった。ユアンが語る『好き』を聞いていると、身体の中からぽかぽか暖かくなってくるようで、尚人の顔もついつい緩んでくるのだった。
そして。
〔ナオ、マサキの、どこ、好き？〕
不意にユアンに問い返されて、よくぞ聞いてくれました……とばかりに尚人は『ふふふ』と笑った。
〔好きなところはいっぱいあるけど、いちばんカッコいいなぁ……って思うのは、やっぱりこれかな〕
尚人はリュックからプチ・フォトアルバムを取り出して、ペラペラとめくって雅紀が剣道大会で優勝したときの一枚を指さした。
〔これ、ケンドーで優勝したときの写真。もう、ね、痺《しび》れまくりのカッコよさだった〕
外国人であるユアンには馴染《なじ》みのない格好だったのだろう。食い入るように見ていた。

それで、他の写真も指さして。
これ、何？
それ、何？
怒濤《どとう》の質問ラッシュが始まった。
そのたびに、尚人は一つ一つ思い出をなぞるように笑顔で答えていくのだった。

§§§§§　§§§§§　§§§§§　§§§§§

加々美とクリスがKカンパニー・スタジオに着いたのは、撮影開始時間を二十分ほど過ぎた頃だった。
クリスが来日している間、加々美は専属通訳者として同行し、各種の取材やら関係各社との会食やらで大忙しであった。今日も午前中から精力的に動き回っていて、それを終えてタクシーを飛ばしてきたのだ。
〔どこまで行ったかな〕
〔この時間帯だったら、本撮りはまだだろう。いろいろ調整があるからな〕

〔とにかく、急ごう〕

〔だから、ユアンのことなら心配ないって言ってるのに〕

そこらへんは高倉とも密に連絡を取っているので間違いない。むしろ、高倉に。

『万事順調。今、二人は仲良く尚人君持参の弁当を食ってるところ』

などと言われ。なんじゃ、そりゃ……の気分だった。

「ユアンにはちゃんと昼メシを用意してあったんじゃないのか？」

『そっちはまったくの手つかず。まさか、無理やり食わせるわけにはいかないだろ』

「……で？　尚人君の弁当を食ってるのか？」

『そう。唐揚げの美味《うま》そうな匂いが漂ってきて、こっちの腹までキュルキュル鳴りそうで困ってる』

「マジでか？」

『マジに決まってるだろ。なんかもう、目からポロポロ鱗《うろこ》が落ちまくり』

あの高倉にそこまで言わせるとは……であった。

なにより。雅紀が語った『弁当ただ食い』の話が思い出されて。もはや、ため息しか出なかった。それで耳ざとく聞きつけたクリスにそのことを告げると、クリスはニヤリと笑った。

ユアンは尚人の作った唐揚げがよほど気に入ったのか、帰国してからもよくその話をしていたらしい。

（もしかして、尚人君に餌付《えづ》けされてしまったのか？）

最近は仕事が立て込んでいて尚人の手料理を食べる回数が減ったと本気で愚痴り倒していた雅紀を思い出して。

（尚人君が将来的に自立して家を出ることになったら、雅紀の奴、やせ細るんじゃねーか？）

胃袋を摑《つか》まれるというのは、そういうことだろう。

〔まぁ、気にはなるけど、ユアンのことなら別に心配はしていない〕

〔そうなのか？〕

〔だって、彼がサポートしてくれてるからね〕

〔たった二回会っただけなのに、どうしてそこまで言えるかな。君の尚人君への信頼ぶりっていうか、そこらへんの判断基準がよくわからない〕

本当に、不思議でしょうがない。

なんで、そこまで？　加々美にしてみれば純粋な疑問だった。

〔僕が、ユアンのインスピレーションを信じているからだよ〕

なんとも曖昧な答えだが、クリスにとってユアンが何よりも大事であることだけはよくわかった。そこらへんのイメージが雅紀と被《かぶ》ってしまうのは、二人が家族を本当に大切に思っているのがわかるからだ。

〔僕が彼のことをよく知らなくても、カガミ、君は彼のことを信頼しているんだろ？　彼も君のことを信頼しているからこそ今回の依頼も引き受けてくれた。ほら、ちゃんと辻褄《つじつま》が合ってるじゃないか」

それって、結局、友達の友達はみんな友達……的な発想ではないかと加々美はクリスの言い分に少々呆《あき》れたものの、クリスがユアンとは別口で、クリエーターとしての審美眼で尚人の素材としての魅力に惹《ひ》かれているのは見逃せないところだ。それはもう、雅紀が秘蔵している尚人のスマホ写真で嫌というほど実感させられてしまった加々美であった。

二人が急ぎ足で第一スタジオに入ってきたとき、なぜか、スタジオ内はまだ何も始まってはいなかった。

えッ？

なんだ？

どうした？

加々美とクリスは思わず顔を見合わせた。

ユアンはムック本のカバー写真になる衣装を着てスタンバイしていたが『ショウ』の姿がどこにもない。

(はぁ？　何、どういうことだよ)

とりあえず、加々美は現場スタッフに囲まれている高倉を見つけて声を掛けた。

「高倉。何かトラブルか？」

名前を呼ばれて振り向いた高倉はいつものポーカーフェイスだったが。

「さっき、マネージャーの的場《まとば》から連絡があって。交通事故の事故渋滞にはまって抜け出せなくなったらしい」

その口調は苦いものだった。

「そりゃ、まずいな」

とは言いつつも、まずは『ショウ』の身に何かが起こったわけではないことにホッと安堵《あんど》する。

事故渋滞にはまっただけならば時間が解決してくれるだろう。もちろん『ショウ』もマネージャーも車内で時計を睨《にら》みながら苛立っているだろうが、こればかりは焦ってもどうしようもない。

「……で？　ユアンのほうは？」

「落ち着いてる。さっきまで『ＭＡＳＡＫＩ』の話で尚人君と盛り上がっていた」

なんじゃ、そりゃ？　——再び。

いやいやいや…………。そうではなく。とりあえず、加々美はユアンのいるパーティションへと足を運んだ。

「あ……加々美さん。こんにちは」

目が合うなり、尚人が立ち上がってぺこりと頭を下げた。

「尚人君、ご苦労さま」

にっこり笑顔で返事をすると、尚人もつられたように笑った。

（はぁぁ……。癒《い》やされるよなぁ）

事故渋滞の話を聞いたばかりだったので、よけいに。

返す目でクリスを見やれば、簡易テーブルに置いてある弁当箱から手まり寿司を取って食べていた。

〔ホント、美味いね。まさか、こんな可愛いスシがあるとは思わなかったよ。カガミ、これ、テマリズシって言うらしいんだけど、君、知ってた？〕

向かい側にある『ショウ』専用パーティションではスタイリストを含めたスタッフが所在なげというよりは不安そうに椅子に座り込み、高倉を筆頭に現場スタッフも時間を気にして苛ついているというのに、ここ、ユアンのスペースだけはなんだか時間の流れが違っているように見えた。

（この非常事態に、おまえら、どんだけ和んでるんだよ？）

加々美は内心ため息をついた。

カイワレ巻きに続き、最後のひとつカルビ巻きを遠慮もなく口に放り込むクリスを見て。

〔少しは遠慮したらどうだ？　それ、尚人君の弁当だろ〕

つい、小言まじりにじっとりとクリスを見やった。

三度目の来日で、というより、今回クリスとセットでずっと行動をともにしているうちに加々美の口調はすっかり素に戻ってしまった。

クリスも、その気安さを歓迎した。加々美とは、この先もずっと友好的な関係を築いていきたいと思っているからだ。

〔あー、ゴメン、ゴメン。あんまり美味しかったものだから、つい〕

〔つい、じゃねーよ〕

加々美の正直な気持ちである。

(ホント、緊張感の欠片《かけら》もねーな)

周りがピリピリしているからか、特にそう思えるのかもしれない。

『アズラエル』関係者としては、とにかく『ショウ』待ちというのが、なんともやりきれないのだった。

§§§§§　§§§§§　§§§§§　§§§§§

宗方《むなかた》奨《しょう》にとって、今日は幸運《ラッキー・デイ》の一日になるはずだった。

午前中はファッション雑誌のインタビュー、それが終わって軽い昼食を摂《と》り、それからムック本の撮影である。

朝起きてから、なんだかワクワクだった。気持ちも気合いも充分。

「さぁ『ショウ』君、行きましょうか。本日のメイン・イベントですから、頑張りましょう」

「はい」

マネージャーの的場とともに車に乗り込んで意気揚々と出発した。

――なのに。

撮影スタジオに向かう途中で、まさかの事故渋滞。前も後ろも横もびっちりで、二進《にっち》も三進《さっち》もいかない状態にはまって三十分。まさか、このまま車を乗り捨てていくわけにもいかず、奨と的場はイライラとストレスを溜《た》め込んでいた。

(ほんと、まいる。今日の撮影は大事な記念日の一発目なのに。よりにもよってこんな日に遅刻なんて、ほんと、どうすんだよ)

これは奨のピン撮りではない。相方がいる。それも待たされているのは奨よりも格上のユアンである。しかも、ただのグラビア撮影ではない。完全予約制のムック本の撮りだった。

(……最悪だろ)

今日の撮影は細かくスケジュールが決まっている。

まずは専属契約締結の挨拶撮りがあり、ユアンと奨、二人揃《そろ》っての表紙《カバー》撮りがあって。それから、それぞれのピン撮り、更に絡み……と、分刻みでスケジュールが組まれている。

それが、奨の遅刻で大幅に狂ってしまうのだ。本当に大失態である。

どうしよう。

どうなる。

……どうすればいい？

これは想定外のアクシデントである。事故渋滞にはまって車が動かないのだから、どうしようもない。

さすがにこの状態では、的場も『大丈夫ですよ』とは言えないらしい。最初の一報を入れてから、的場のスマホにはひっきりなしに電話がかかってくる。そのたびに、

「申し訳ありません。まだ、なんとも……」

的場は同じ言葉を繰り返すだけ。顔色はどんどん悪くなっていく。

こんなところで無駄に時間が過ぎていくだけなんて、虚しすぎる。やってられない。この現状が無性に腹立たしい。

最悪。

本当に、サイアク。

焦ってもしょうがない。それはわかっているのだが、ムカムカとイライラは止まらない。

なるようにしかならないのだから、ネガティブにならないように気持ちを切り替えることが

大切。

わかっている。

わかっている………。

そんなことは、わかっている…………………。

だが。初めての大チャンスを前にして、思わぬケチがついてしまった。

どうにも幸先が悪い。

苛立たしい。

悔しい。

情けない。

どうして、こうも間が悪いのか。

こんな失態は初めてだ。

なんで?

どうして?

──今、なんだ?

それを思うと、込み上げてくるものが止まらなかった。

§§§§§　§§§§§　§§§§§　§§§§§

的場からの電話では状況がはかばかしくない。

それで、本日の現場監督を交えて撮影班とも話し合い、ひとつの決断が下された。

「このまま、いつ来るかもわからない『ショウ』をただ待ちぼうけしているわけにもいかないので、ユアンのピン撮りを先取りすることになった」

高倉の説明を加々美がクリスに伝える。

クリスも異存はなかった。

急ぎ、ユアン班のスタッフがてきぱきと動き出すのを見て、

〔じゃあ、ユアン、頑張ってね？〕

尚人が一声掛けると、ユアンはちょこんと左手を挙げて応えた。

それを見てクリスは笑みを深め、加々美は何やら納得したように目を細め、高倉は相変わらずのポーカーフェイスだった。

リュックを摑んで、尚人は邪魔にならないようにパーティションを出た。

（はぁ……いよいよかぁ）

スタジオの空気が一気に変わるのを肌で感じてなんだかドキドキした。部外者の自分でもそ

うなのだから、きっと、現場はそれ以上だろう。

撮影に邪魔にならないポジションをキープして、尚人はリュックを足下に置いた。

(ここからだとユアンがバッチリ見える。じっくり、堪能させてもらいまーす)

あとで、どんなだったか雅紀にもきっちり報告したいので、しっかり目に焼き付けて帰るつもりだった。

すると、いつの間にかクリスと高倉がやって来て、尚人を真ん中に挟んで止まった。どうやら、二人も見学組らしい。

(あれ? 加々美さんは?)

きょろきょろとあたりを見回すと、加々美はしっかりユアンのサポートに回っていた。

「あ……そっか。ここから加々美さんが付くんだ?」

思ったことが、つい、ポロリと口を突いた。

「まぁ、モデルのことを一番よくわかっているのは加々美だからね」

まさか、独り言に返事が返ってくるとは思わなくて、尚人は驚いた。

「ですよね? や……でも、なんか、いつもの加々美さんと違ってキリッとしてますよね?」

すると、高倉が小さくプッと噴いた。

(……え?)

二度ビックリである。まさか、いつも隙のないポーカーフェイスの高倉がいきなり噴き出すとは思いもしなかった。なので、尚人は思わず高倉をガン見してしまった。
いったい、何が、高倉のツボだったのだろうか。尚人にはそこらへんが、まったく、ぜんぜんわからない。
すると、今度はクリスがむすりと言った。
〔二人で内緒話なんて、僕だけ仲間外れなんてよくないな。できれば、僕にもちゃんとわかるように英語でお願いしたいんだけど〕
いやいやいやいやいや…………………………。
（高倉さんと内緒話なんて、そんな大それたことできませんって）
心の声が顔に駄々漏れる。
（しかも、クリスさんを仲間外れなんて……。なんか、すごい誤解があるような）
心臓がバクバクになってしまう尚人だった。
〔いや、失礼。篠宮君が素で的確なポイントを突いてくるものだから、思わず〕
〔何を言ったんだい？〕
〔え？　ユアンのサポートに入った加々美さんがやけにキリッとしてるなぁ…って〕
とたん、クリスがクスクス笑った。
〔あー、そういうこと？〕
え？

——どういうこと？

えッ？

——ちっともわかりません。

ええッ？

——なんだかとっても意味不明なんですけど。

尚人が一人どんよりしていると。

〔加々美も今はモデル業から退いてるけど、やっぱり、ユアンのような素材に出会うと疼《うず》くんだろうね、モデル魂が〕

さらりと高倉が言った。

モデル魂……。

（あー、そういえば。まーちゃんも同じようなことを言ってたよな）

ユアンの生撮りには興味があるようなことを。やはり、雅紀も加々美と同じように何かが疼いたのだろうか。

だからこそ、ちゃんとしっかり見ておかねば……と思う尚人であった。

〔そう言ってもらえると、僕も嬉しくなるね〕

〔『ヴァンス』の秘蔵っ子だから？〕

〔なんか、ユアンを見ていると掻き立てられるんだよ。パッションとか、インスピレーション

とか……もろもろ。込み上げるモノを形にしたいっていう欲求が、こう、ぐわぁ〜〜ッと〕
〔クリエーターの性《さが》だね〕
〔やりたい方向性が違っていても、根っこの部分じゃ同じだろ〕
なんだか、二人ともいつもよりずっと砕けていた。まるで、尚人の存在を忘れてしまったかのように。
〔見る者をいかに魅了するか。どうやって個性を出すか。そこらへんを突き詰めるとエゴ丸出しっていうか、妥協できないんだよね。デザインって、そういうことだから〕
〔モデルは謂《い》わばその体現者みたいなものだし？〕
〔そう、そう。カガミがモデルに求めるモノがなんであれ、撮影の現場に立てばそりゃあ気合いも入るよね。なんたって、今回は『アズラエル』の主催だから〕
頭の上で交わされる会話に、尚人はようやく納得できた。やはり、加々美も雅紀と同じでモデルという職業をこよなく愛していることが。
〔いいなぁ。みんな、これだっていうプロ意識があって。自己主張に芯があるっていうか、やっぱりカッコいいよなぁ。俺も、ポヤポヤしてられないって感じ〕
この現場に部外者である自分が参加させてもらえたことの意味。そこから得るものを自分なりに摑んで帰ることの意義。それをしっかり認識しないではいられなかった。

§§§§§　§§§§§　§§§§§　§§§§§

事故渋滞からやっとのことで解放されて、奨《しょう》と的場《まとば》が大急ぎでスタジオに駆け込んできたのは、撮影開始予定よりも一時間以上遅れてのことだった。

そこでまず、スタジオのエントランスで待ち構えていた高倉《たかくら》と現場監督の赤木《あかぎ》に気付いて、二人とも見事に顔が強張《こわば》り付いた。

ウソ。

なんで?

どうして高倉さんがいるわけ?

奨は唖然《あぜん》と絶句して。

……マズいだろ。

……ヤバいだろ。

……こんなの、最悪だろ。

的場は下腹がどんどん冷えて固まっていく気がした。

まさか、統括マネージャーである高倉がスタジオに来ているなんて思いもしなかった。知らなかったという言い訳が通る相手ではない上司が目の前で睨《にら》みをきかせている。的場は冷や汗どころか顔面だらだらと脂汗であった。

「「申し訳ありません」」

奨と的場は揃《そろ》って深々と頭を下げた。

「だいぶ時間が押しています。とりあえず、スタッフに頭を下げてきなさい。皆、遅刻の理由は知っているので言い訳は必要ありません。ただ真摯《しんし》に謝罪しなさい。あとは『ショウ』君の頑張り次第です」

高倉は淡々と口にした。

声高に叱責《しっせき》されるよりも堪《こた》えた。それと連鎖するかのように奨の胃はしくしくと痛んだ。せっかくの晴れ舞台なのにのっけから台無しにしてしまって、高倉を失望させてしまったのではないかと。

現場スタッフ、撮影班、その他もろもろ。奨と的場はひたすら『申し訳ありませんでした』と頭を下げて回った。

アクシデントなのだから、しょうがない。

まぁ、たまにはこういうこともある。

最悪なことにならなかっただけマシ。

待たされた者たちは、おおむね納得してくれた。もちろん、内心はやきもきしていただろうが。申し訳なさで顔面が青ざめて引き攣《つ》りぎみの奨のことを逆に気遣ってくれた。現場はチームなのだから、みんなでカバーすればいいのだと。

奨は、自分の遅刻のせいで現場の雰囲気が悪くなってギスギスしているのではないかと、なによりもそれを危惧《きぐ》していたので心底安堵《あんど》した。高倉が言っていたように、あとは自分の頑張り次第なのだと思った。

そして、最後にユアンのパーティションにやって来たとき、中から何やら笑い声が聞こえてきて、一瞬、足が止まった。それは耳慣れた日本語ではなく英語だった。それも、どうやら複数。いや、ユアンのスペースなのだから、それも当たり前のことなのだが。

パーティションの隙間《すきま》からチラリと覗《のぞ》くと、ユアンが『ヴァンス』のロゴが入ったジャージを着たまま、しごくリラックスしている様子が見えた。

（へぇー、ユアンって、あんな顔もできるんだ？）

ユアンを間近にするのはこれで二度目だが、奨も世間同様に『超絶人見知りの無表情』というイメージの刷り込みが入っていた。なので、表情筋がないと思われていたユアンが、ほんのわずかではあるが柔らかな顔つきをしていたのが驚きで、思わず息を呑《の》んだ。だが、隣に座っているのが『ヴァンス』のデザイナーのクリスだと知って、納得できた。

人見知りなユアンも身内といるときにはあんなふうにリラックスできるのだと知って。

会話は英語オンリーなので、後ろ姿しか見えない二人もたぶん『ヴァンス』の関係者なのだろうと思った。

「『ショウ』君、どうしました?」

小声で問いかけてきた的場の声に、ハッと我に返る。奨は気を引き締めて。

「失礼します」

一声掛けてからパーティション内に足を踏み入れた。

とたん。正面のユアンとばっちり目が合った。

(……ッ)

奨はグッと息を詰めた。ユアンの視線に射貫《いぬ》かれてしまいそうな気がした。

なんだか団欒《だんらん》のひとときに水を差してしまったかのような間の悪さを覚えて、ひどく気まずい思いがした。

それでも、謝罪をしなければ……という気持ちに突き動かされたとき。

「おぅ。『ショウ』か」

その声に『え?』と目を向けると、なぜかそこに加々美《かがみ》がいて唖然とした。

(どうして、加々美さんが?)

エントランスで高倉に会った衝撃とは別口のショックで奨の背筋は知らずピキッと伸びた。

「事故渋滞に巻き込まれるなんて、とんだアクシデントだったな」

「遅れに遅れてしまって、本当に申し訳ありません」

奨と的場が揃って深々と頭を下げると、加々美がクリスに通訳をしていた。

(高倉さんだけじゃなくて加々美さんまで出張って来てるなんて……。なんかもう、最悪のダブルパンチだろ)

『アズラエル』を支える両巨頭の前で大失態を演じてしまい、内心、忸怩《じくじ》たるものがあった。

しっかり頭を下げきって顔を上げると、クリスがにっこり笑った。

「ノープロブレム」

それを聞いて、本当にホッとした。

「ほら、さっさと支度をしてこい。『ショウ』班が待ちくたびれてるぞ。遅れた分を取り返さないとな」

加々美に声を掛けられて。

「はい」

気持ちを引き締めた、そのとき。加々美のとなりに座っている人物に気付いて、思わずドッキリした。

(……え？　なんで、彼がここにいるんだ？)

マジマジと凝視していると、あくまで自然体で彼は挨拶代わりでもあるかのようにぺこりと頭を下げた。

つられて、奨も無言で軽く会釈をした。

そうやって奨がパーティションを出ると、背後からはまた英語で会話が始まった。奨の存在などさっくり切り捨ててしまったかのように。

なんで……彼が？

どうして……ここに？

それって……どういうこと？

今日の撮影は関係者以外はシャットアウトのはずだ。マスコミ関係者もいない。事前登録されたＩＤを持っていなければスタジオに入ることもできない。だから、今回は奨とは同期の事務所イチ押しである貴明《たかあき》も潜り込めなかった。

なのに……どうして？

貴明は彼のことを『コネを乱用するクソガキ』呼ばわりしていた。

けれども、ただのクソガキがユアン専用のパーティションで加々美と同席するなんてできないだろう。当然、統括マネージャーである高倉も黙認しているということである。

的場が感心していたように、彼はユアンとナチュラルに会話できるほど英語に堪能《たんのう》だからあの場にいられるのだろう。

それ以外の理由などない。……はずだ。

加々美とクリスという大物二人が醸し出す半端ないオーラを浴びても平然としていられて、ユアンとも気安く接することができる。

そんな彼が、ただのクソガキであるはずがない。

(何者なんだ?)

なんだか無性に気になった。

前回はただ偶然に遠目に眺めていただけだが、今回は違う。しっかり、くっきり、視界に焼き付いた。まるで『ヴァンス』ファミリーの一員であるかのようにあの場に馴染《なじ》んでいた彼の存在が。

「的場さん。加々美さんのとなりに座っていた彼、誰なんですか?」

「わかりません。『タカアキ』君もやけに気にしてましたが、やっぱり『ショウ』君も気になります?」

「的場さんは気にならないんですか?」

「私はいつでも『ショウ』君のことが最優先ですから。よけいなことに気を回している暇はありませんよ」

それも、そうか。

……でも。

「貴明が彼のことを『コネゴリ』する奴《やつ》ってやたら息巻いていたので、本当はどうなんだろうなって」

「はぁ……。『コネゴリ』ですか」

『コネゴリ』とは、コネをひけらかして自分の都合をゴリ押しする鼻持ちならない奴のことである。

「多少のコネはあっても、高倉さんが縁故を理由にそこまで好き勝手させるなんてことはありませんよ。あの方、そういうところは本当にシビアですから」

「……ですよね」

賄賂《わいろ》、袖の下、付け届け。芸能関係には、それこそ『コネゴリ』は暗黙の了解といった類《たぐ》いの悪習が平然と罷《まか》り通っているところもあるが、それに慣れきっている者たちからは、高倉はそういう手段が一切効かない冷血漢とまで言われている。そのくらいでなければ陰の総裁などとは呼ばれないだろう。

無能な縁故入社など許されない。それが『アズラエル』の社風である。

「『タカアキ』君の場合は、その、加々美さんびいきがちょっと行きすぎているところがありますから、彼の言っていることを鵜呑《うの》みにするのもどうかと思います。『ショウ』君も社内外の発言には充分に気をつけてくださいね？」

それについてはまったく同感であった。

ひいきの引き倒し――ということもある。貴明の言動で加々美の名声にまで傷が付くようになってしまってはまさに本末転倒だろう。

ユアンがいるパーティションとは逆サイドにある『ショウ』専用のパーティションでスタッ

フが大急ぎで奨の支度に取りかかる。やっと、自分たちの出番がやって来たとばかりに。

髪を整え、メイクを施し、ナンバー付きでハンガーラックにぶら下がっている衣装や靴、小物などを選ぶ。そのナンバーもアクシデントのせいですっかり順番が狂ってしまったので、スタッフはその確認で忙しく動き回っていた。

「『ショウ』君。ユアンのピン撮りはあらかた撮り終えてしまったので、二人の絡みからいくそうです。そのあと、プレス用のスチル撮り、それから最後に『ショウ』君のピン撮りの順番です。時間も押しているので休憩は無し。いいですか?」

「はい、大丈夫です」

彼のことも気になってしょうがないが、とりあえず頭の隅に押しやって気持ちをリセットする。ミネラルウォーターを一口飲んで、深呼吸。いつも通りの手順を踏むことが大事。

ここから、挽回《ばんかい》するのだ。

無駄に気負うことなく、だが、集中して。いつものように、いつも以上に指の先、爪先まで神経を配って。それを心がける。

(よしッ)

ひとつ気合いを入れて立ち上がった。

ユアンがやって来る。

いつもより大人びたメンズ仕様の『ヴァンス』に身を包んで、ゆったりと歩いてくる。独特な妖精オーラを振りまきながら。前回よりもパワーアップしているように思うのは、気のせいだろうか。

奨のとなりにユアンが並ぶ。それだけで圧がかかった。ただの気のせいではない。押し負けないように、

〔よろしくお願いします〕

つたない英語で改めて挨拶をする。すっかり順番が逆になってしまったが、やはり、挨拶は基本だろう。

ユアンは返事をする代わりに奨を見た。瞬《まばた》きもしないで。

一秒？

二秒？

三秒？

それだけで、ラピスラズリの瞳に呑まれそうな気がして、グッと下腹に力を込めた。

――とたん。ユアンはふいと視線を逸《そ》らした。まるで、奨には興味の欠片《かけら》もないと言わんばかりに。

音楽が鳴る。

「ハーイ。まずはテスト撮り、いきまーす」

声がかかって、奨にとっては撮影という名の汚名返上の勝負が始まった。

《＊＊＊　長い一日　＊＊＊》

その日。

雅紀《まさき》は朝イチから名古屋《なごや》で衣装合わせを兼ねたリハーサルだった。今、最も勢いがあると言われている若手デザイナー神岡剣斗《かみおかけんと》の新作発表のステージである。

『ヴァンス』が本格的にメンズ参入を表明してからメンズ市場が活気づいていることもあり、大手ブランドも新作に力を入れるようになった。それでも、やはり、レディースに比べるとどうしてもショーの規模は小さくなってしまうが。

格調高いオーソドックスか。

それとも『ヴァンス』のようなエポックメイキングか。

神岡の新作はちょうどその中間を取ったような遊び心があるカジュアル志向だった。

着やすい。

軽い。

シワになりにくい。

それでいて、オシャレ。

たぶん、人気が出るのではないだろうか。仮縫いのときにそんな予感があった。

午前七時。

ホテルの自室でルームサービスの朝食を食べているときに、尚人《なおと》から『おはようメール』が届いた。

【まーちゃん、おはよう。朝ご飯、しっかり食べてる？　今日も一日、頑張ってね！】

知らず、口元が綻《ほころ》んだ。

おはよう。ナオも適当に頑張れ——と、メールを打ちかけて、やめた。やっぱり尚人の声が聞きたくて、電話にした。

コール音二回ですぐに尚人が出た。

『まーちゃん、もう起きてた？』

耳をくすぐるような甘めの声が心地いい。

朝イチの眼福ならぬ耳福だ。やはり、電話にして正解だった。

「メール、ありがとな」

『やっぱりメールよりも、こうやってまーちゃんの声が聞けたほうが嬉《うれ》しいかな』

想《おも》いが双方向だと確認できて満足する。

「今日は、何時からだ？」

『撮影開始予定は午後の二時からだけど、待ち合わせは一時だから、それよりも早めに着くようにする』

「今度も弁当持参だろうけど、こないだみたいにつまみ食いされるなよ?」

雅紀が茶化すと、尚人はクスクス笑った。

『大丈夫。今日はお裾分けだから』

(だからぁ、そうやって見境なく餌付《えづ》けするんじゃないって)

内心、本音がこぼれまくる。

できるものなら、雅紀だって尚人の弁当を持って出張したいくらいだ。やはり万人向け料理よりも、自分の好みに合った、食べ慣れた味がいい。それで『行ってらっしゃい』のキス付きならば言うことナシである。

「じゃ、テキトーに頑張ってこい」

そう。本当にそれくらいでちょうどいい。

『うん。じゃあね』

通話を切る。これで、少しは尚人《エネルギー》をチャージできた気がして、雅紀はゆっくりとコーヒーを飲み干した。

午後二時三十分。

衣装の微調整とステージの一連の流れをチェックして、ようやく、昼食を兼ねた休憩時間に入った。

用意されていたのは地元では有名な料亭の仕出し弁当だった。

彩りはいいが、食い盛りの男飯《おとこメシ》にしては少しばかりボリュームが足りない。レディース・モデルはカロリーと体形を気にして食事の量に神経を尖《とが》らせているから葉っぱサラダで満足できるかもしれないが、男はやはり適度な肉を食わないとエネルギーが補給できない。モデルは基本、体力勝負だからだ。

それでも、皆、空腹だったのか、設営前のがらんとした会場内で好きに座って文句も言わずにガツガツ食べている。

もちろん、カリスマ・モデルである雅紀も例に漏《も》れない。早食い勝負ではないので、老舗《しにせ》料理店の味をしっかり堪能するつもりだ。

弁当を開く前に、電源をＯＦＦにしておいたスマホのメールをチェックする。休憩時間以外スマホは禁止——というか私物はまとめてセーフティー・ボックスに強制収納されてしまうのでこの時間帯になると皆一斉にメールチェックが始まる。

どこの会場でも、私物管理は自己責任が基本だが。専用ロッカーが常備されていない場合は盗難予防で警備会社がボックスを用意するのが定番になりつつある。以前、同じような盗難被害が続出して、最近はモデル事務所との契約条件にそれが盛り込まれるようになった。

今日はショーの本番なので一日拘束されるため、メールをチェックできるのはこれが最後である。そのせいか、無駄口を叩《たた》いている者はいない。

スマホのメールボックスには尚人からのメールが届いていた。

【撮影スタジオに無事着きました。待っていたのが高倉さんだったので、ビックリ。こういうサプライズだったらいらないかなぁ……なんて（笑）。じゃ、頑張ってきます！】

思わず噴き出しそうになるのを奥歯で嚙《か》み殺す。ここには雅紀だけでなく他のモデルもいるので。どこにいても、どこからでも視線が絡みついてくるのは自覚済みだったし。本番ステージでもないのに無駄に注目を集めたくなかった。

（やっぱり、マジだったんだ？　高倉さんのムック本にかける意気込みはハンパじゃないってことかもな）

とりあえず、さくっと返信しておく。

【こっちは今から昼飯。高倉さんがあの顔で睨みをきかせているんじゃ現場スタッフも大変だろう。まっ、ナオはナオで楽しんでこい】

この時間帯だったらもう撮影に入っているだろうから、尚人の携帯は電源がオフになっているかもしれない。

それからすぐにスマホ電源をＯＦＦにする。リハーサル開始間際になってあたふたしたくないからだ。

仕出し弁当はそれなりに美味《うま》かった。尚人の手料理には負けるが。惚気《のろけ》じゃない。我が家の味がいちばんということだ。

ユアンのことをあれこれ言えない。とっくの昔に雅紀は尚人に餌付けされていた。


ショーのリハーサルは順調に進む。

全体の流れとランウェイを歩くリズムさえ摑《つか》んでしまえば、あとはスムーズに音楽に乗ってしまえばいい。

リハーサルだから気を抜いていいわけではないが、集中力は本番で発揮すればいいのだ。そういうONとOFFの切り替えも大事だ。

とはいえ、やはり、尚人のことが気にかかる。過保護だと言われても、気になるものはしかたがない。

ユアンと盛り上がると言っていたが、あのユアンとどうやったらそんなふうになれるのか、雅紀には想像もつかない。もしも、そういう極意があるのなら、誰もがこぞってマネをしたがるだろう。ユアンを介してクリスとの縁故《コネ》を手に入れたいという欲まみれで。

（人が羨《うらや》む名声があって、その上たんまり金を持っている奴は何かと大変そうだよな）

護《まも》りたいモノがいろいろありすぎて。

その点、雅紀の場合はいたってシンプルだ。欲しいものも護りたいものもひとつだけだからだ。

あちらはあちらで本撮りの真っ最中で大変だろうが、ユアンと『ショウ』のことはあまり気にならない。なんとなく予想できるからだ。あくまで、同じモデルとしてだが。

ユアンと『ショウ』では圧倒的に『ショウ』の経験値が足りない。『アズラエル』としてはそこも含めて、これからの『ショウ』の伸《の》び代《しろ》に期待しているのだろう。

コミュ障でもユアンがこの業界で実績を残せているのは、バックに『ヴァンス』がついているからではない。そのハンデすらもがユアンの個性だからだ。誰にも真似《まね》のできない独自の存在感。それが、ユアンだからだ。

受け流すだけで主張できなければ、個性が死ぬ。呑まれて、喰《く》われて、惨敗する。絡む相手としては、ユアンはまったくやりにくい相手だろう。だから、やりがいがあるとも言える。

前回のコラボ企画は『ショウ』としても無我夢中だったはずだ。けれど、ビギナーズ・ラックで終わらせたくないという欲が出てきたときが真の意味での勝負になる。

経験値が足りないとは、そういうことだ。

今のままでは対等にすらならない。いや、ならせてもらえないのではなかろうか。ユアンが醸し出すものに共鳴できない焦りで空回りしなければいいのだが。

モデルとしてユアンとの個性の掛け合いができるか、否か。それを思うと、雅紀のモデル魂が少しだけ疼《うず》いた。

いやいや……そんなことよりも尚人だ。

ユアンよりも警戒すべきはクリスだ。

クリスがどういう顔つきで、尚人と何を話し、どう答えたのか。そんなことをいくら妄想したところでなんの意味もないのはわかっているが、無視できない。

ちくちくと疼くのだ、頭の芯《しん》が。払っても祓《はら》っても、不安が湧《わ》き出てくるのだ。クリスはダメだ。心が軋《きし》むから。

あのスカイ・ラウンジで見ただけの男に――嫉妬《しっと》する。バカげているとは思わない。ユアンが大事で、大切で、クリエーターとしてのミューズ……掌中の玉であることを公言しているような男だから。あのユアンを丸抱えにしても揺らがない男、だからだ。

クリスにはそれだけの包容力があるのだろう。ユアンの個性を伸ばしてやるための明確な才能がある。保護者としての信念も、分別もある。ユアンとの間にセックスが介在しない分、クリスには雅紀にはない大人としての余裕があるに違いない。

だから、たぶん、雅紀がクリスに抱いている忌避感は近親憎悪に近いのだろう。

クリスがゲイであろうがなかろうが、彼は雅紀を脅《おびや》かす。尚人に興味津々《しんしん》……それだけで雅紀の癇《かん》に障るのだ。

（あー……なんかムカついてきた）

尚人のことを考えていたはずなのに、いつの間にかクリスの影がびっしりと頭にこびりついていた。

（苛《いら》つくよなぁ）

おそらく、クリスは雅紀が思うほどには雅紀に関心はなく。きっと、クリスにとって雅紀は尚人ほどの価値もないのだろう。

それを思うと、ムカつく。

なんだか、苛つく。

どうしようもなく、心が掻《か》き乱される。

自分だけがクリスの幻影に振り回されている。それを思うと、どうにも腹立たしくてならなかった。


午後十時過ぎ。

ようやく長い一日が終わった。

ホテルに戻り。風呂に入って一日の汗を流し。買っておいたビールを冷蔵庫から取り出してグビグビと呷《あお》ると、ようやく人心地がついた。

そのままベッドにダイブしてしまう前に、メールをチェックしておく。尚人からは二件来ていた。

午後五時三十六分。

【終わったぁ。なんかあっという間だったよ。始まる前にちょっとしたアクシデントはあったけど、やっぱりユアンはすごかった。もうメチャクチャ綺麗《きれい》だった。メールじゃ書き切れないほどまーちゃんへの土産話《みやげばなし》がたくさん。期待しててね？】

撮影開始から約三時間半？

「ウソだろ？」

予想よりもずいぶん早い。いや、早すぎる。

——なんで？　もしかして、休憩時間もなしの超特急だったのでは？

（ピン撮り並みじゃねーか）

サクサク行った？

——ホントに？

ユアンと『ショウ』の絡みもなんの問題もなかった？

——マジで？

（なんか、肩透かしもいいとこ）

それが、雅紀の正直な感想だった。

（もしかして、化けた？）

たった二ヶ月の間に『ショウ』の成長ぶりはそれほど著しかったということだろうか。だとすれば、加々美も高倉も今頃は二人して高笑いだろう。

（ていうか、アクシデントって何？）

それも気になる。なんだか、すごく気になった。

午後九時二十七分。

【無事に家に戻ってきました。電車で帰ろうと思ったら、加々美さんに家まで車で送ってもらって、なんだか恐縮しちゃった。せっかくだからお茶でも飲んでいって欲しかったけど、まーちゃんもいないのにそれもちょっと変かなと思って誘わなかった。裕太《ゆうた》にいろいろ突っ込まれるのも面倒くさかったし。加々美さん、気を悪くしなかったかな。そちらはどうでしたか？】

（よかった。加々美さん、ちゃんとナオを家まで送ってくれたんだな）

まぁ、それくらいのアフター・フォローはあってしかるべきだろう。

（けど。そっか。とんぼ返りか。たぶんナオが誘っても、加々美さんのことだから、きっと断っただろうな。俺の留守中に家に上がり込む気にはなれなかったと思うし）

加々美なりに気を遣ったのだろうと思うと、なんだか……ちょっとだけ申し訳ない気がしてきた。

いつもの定番である『おやすみコール』をしたかったが、今、尚人の声を聞いてしまうとずっとしゃべりっぱなしになってしまいそうで、土産話は家に帰ってから聞くことにした。

我慢。

我慢……。

我慢…………。

尚人には『おやすみメール』にした。

そしたら、折り返し、尚人からもメールが来た。

【まーちゃん、お疲れさま。ゆっくり休んでね。帰ってくるの、楽しみにしてます。おやすみなさい】

お互い、話すことがいっぱいありそうだ。それを思いつつ、ベッドに転がった。

今日はさすがに疲れた。目をつぶると、すぐに睡魔がやって来た。

§§§§§　§§§§§　§§§§§　§§§§§

月曜日。

午前の新幹線で東京《とうきょう》に帰ってきた。

その足で『オフィス原嶋《はらしま》』に顔を出して、マネージャーの市川《いちかわ》と軽く打ち合わせをした。あとは家に帰るだけだが、その前に加々美にメールをした。尚人を家まで送ってくれたことの礼も兼ねて。本当は電話にしたかったが、加々美がどんなスケジュールで動いているかもわからなかったし、もしかしていまだにクリス番をしているのなら電話にも出られないだろうと思った。

加々美から電話がかかってきたのは、午後二時半前、家に帰り着いてすぐのことだった。

『よぉ、お疲れさん』

「加々美さん。真っ昼間にそれはないでしょう」

なんだかとっても不健康に聞こえる。

『いや、だから、三日間の名古屋出張、お疲れさまってことだろ』

「あー、はいはい。ありがとうございます。そっちも、けっこういろいろで疲れたんじゃないですか?」

クリス番はクリス番で、もろもろ大変だったことだろう。

タイプの違うイケメン二人は行く先々でけっこうな話題を振りまいていたようだ。ほとんどミーハー的な意味で。

『さすがに、今日はオフだ』

「でしょうね」

加々美と会食するたびに『ブラック・スケジュールだよな』などと茶化される雅紀だが、加々美も人のことをあれこれ言えないだろう。

『聞かないのか？』

「は？　何をです？」

『尚人君の仕事ぶりをだよ』

「それは、ナオが学校から帰ってきてから、たっぷり聞かせてもらうことになっています。加々美さんから先に聞いてしまったら、その分、感動が薄れるじゃないですか」

『そりゃ、そうか』

加々美が喉でクックツと笑った。

「ていうか、そっちで何かアクシデントがあったんですか？」

『それって、尚人君情報？』

「そうです。さすがに、ちょっと気になって」

モデルにとって、撮影現場でのアクシデントほど怖いものはない。ほんの些細《ささい》なことでその日のスケジュールが狂ってしまうこともあるからだ。

新人モデルほど、時間の合間を埋めるような掛け持ちが多い。

たかが三十分のズレがその後のスケジュールをズルズルと圧迫してしまうなんてことは、ざらにある。だから、タイムキーパーはいつでもスケジュール配分には神経を尖らせている。

名前と顔が売れてくると分不相応に態度がでかくなったり、平気で遅刻をしてきたり、事務所のバックボーンをやたらちらつかせたり……。

やりにくい。

使いにくい。

評判が悪い。

だったら、別にいらないんじゃね？

現場スタッフに嫌われると知らないうちに干されたりもする。これもまた業界のあるある事情であった。

『……「ショウ」が事故渋滞にはまって一時間以上の遅刻』

ありゃりゃ……である。

「それはなんとも、不運でしたね」

もろもろの意味で『ショウ』にとってはケチが付いた……どころの話ではないだろう。

万が一にもそういうことが起こらないように、時間厳守で電車を使え――とは、誰にも言えない。

これが駆け出しぺーぺーのモデルだったら別だが、今『ショウ』は大波《ビッグウェーブ》に乗りかけた注目株である。人目を意識して移動はどうしても車になる。

『まぁ、な。マネージャーと二人して顔面真っ青。現場スタッフと共演者にひたすらお詫《わ》び行《あん》脚《ぎゃ》だった』

現場に統括マネージャーの高倉がいたら、ビックリ・ドッキリのサプライズどころか、そりゃあ顔面も引き攣るだろう。

「主催が『アズラエル』で不幸中の幸い……ですかね」

これが『アズラエル』専属ではなく外注、それも超偏屈で有名な某カメラマンだったりしたら、現場は地獄モード一直線だっただろう。休暇中に急遽《きゅうきょ》『スタンド・イン』に駆り出された実体験を思い浮かべて、雅紀は少しだけ遠い目をした。

『あいつも、おまえほどふてぶてしくなれとは言わんが、もうちょっと図太い神経をしてたらよかったとは思うけどな』

今、なにげにディスられたような気がした。

「もしかして、リセットできなかったんですか？」

『いや、まぁ、それなりに頑張ってた』

（それなり、ねぇ）

それが加々美の本音？　結果的に合格点はもらえたということだろうか。

（加々美さん、そういうとこはメチャクチャ厳しいからなぁ）

同じ事務所のイチ推しであれば、よけいに点は辛《から》くなるかもしれない。

ステージであれグラビア撮影であれ、加々美の眼差《まなざ》しのその先にあるのはいつだって妥協を許さない真剣勝負である。それがプロというものだろう。

雅紀は加々美に見られているというだけで、いつも身が引き締まる思いだった。

口で語らなくてもモノをいう目が一番怖い。それが加々美のような実績のある大先輩の視線ならば、特に。自分のいたらないところを見透かされているような気分になるからだ。

はい、こっち向いて。あっち向いて。ちょい、退《ひ》いて。も少し押し出して。

カメラマンの指示に顔《感情》を作って求められるモノを体現する。たとえ体調が優れなくても、ドン底な気分でも。それがたった一枚の写真に集約される。よくも悪くも、それがモデルとしての評価になる。

「でも、そういうアクシデントがあったのに撮影はサクサク行ったんですよね？」

束《つか》の間《ま》、加々美が黙り込む。

（……あれ？）

なんだか妙な引っかかりを覚えて。

「ナオが『あっという間に終わった』的なメールを寄越したのが十七時半頃だったんですけど。ムック本撮影なのにまるで新幹線並みの撮りの早さだと思ってビックリでしたよ。『ショウ』が一時間以上も遅れたのに、すごいですね」

本当に、どんなマジックを使ったのか、そこらへんをきっちり聞いておきたい雅紀だった。

『あっという間に終わったのはユアンの撮り分の話だ』

どんよりと加々美が言った。

(……え？)

『ぶっちゃけ。「ショウ」待ちで無駄に時間を食い潰《つぶ》すわけにはいかないだろ。だから、先にユアンをピン撮りして、それから「ショウ」との絡みを撮って、ＯＫが出たからとりあえずユアンの出番は無事終了。まっ、そういうことだ』

(それって、もしかして『ショウ』だけ残業モードだったってことか？)

「――マジですか？」

『マジだよ』

(うわぁ……きっつぅ)

本音で『ショウ』に同情したくなった。

『アクシデントだから、しょうがない。それでも「ショウ」が一時間以上もスケジュールに穴を空けちまったのは事実だからな。そんなんで最後までユアンを付き合わせるわけにはいかないだろ』

「まぁ、そうですね」

これが格下相手だったら、また話は違ってくるかもしれないが。『ヴァンス』相手では完璧に分が悪い。

だが。考えようによっては、ユアンが退場することによって過度のストレス要因がなくなって逆に『ショウ』も撮影に集中できたのではないだろうか。それもこれも、主催が『アズラエル』だからこそできた奥の手かもしれない。

『それに、尚人君だって今日は学校だろ』

そうだ。加々美が車で尚人を家まで送ってくれたのだ。

……え？

あれ？

……と、言うことは？

それって……もしかして？

「あの、加々美さん。加々美さんは『ショウ』の残業モードに付き合わなくてもよかったんですか？」

『俺はクリス番だからな。そっちは高倉に丸投げした』

丸投げ……。

（高倉さん相手に丸投げ……。できるんだ？　スゲー……）

もしかして、その瞬間、現場にブリザードが吹き荒れたのではないだろうか。

『それで、クリスとユアンと尚人君を連れて、予定通り「本日はお疲れさまでした」の食事会に行ったわけ』

なんだか、聞いているだけで背中がやたらもぞもぞしてきた。

「マジですか？」

『マジに決まってるだろ。ＶＩＰ相手に今更キャンセルなんかできるかよ』

「……ですよねぇ」

たいがい、加々美もシビアである。

そこらへん、加々美もすでに開き直りの心境だったに違いない。

しかし。ユアンが退場してその手のストレスがなくなったかもしれないが、目の前で加々美まで一緒に消えてしまったときの『ショウ』の心情はいったいどんなものだったのだろう。

思うに、半端なくショックだったのでは？

尊敬する加々美の前で大遅刻という失態を演じた上に撮りの最中にいきなり途中退場されてしまったら、見捨てられた感がすごかったのではないだろうか。

いやはや、なんとも……である。

あっという間に終わった話にそんな裏事情があったとは思ってもみなかった。やっぱり、アクシデントは怖い。

「とにもかくにも、お疲れさまでした。……ということですね？」

『……だな』

それから名古屋でのステージの話になり、加々美からの電話は切れた。

§§§§§　§§§§§　§§§§§　§§§§§

その夜。

三兄弟揃っての久しぶりの夕食に、尚人は上機嫌であった。裕太が。

「ナオちゃん、ホント、チョロすぎ。いくら雅紀にーちゃんがごくごくたまーに晩飯作ってくれたからって、露骨に喜びすぎだろ。たかがチャーハンくらいで、顔、にやけすぎ。唐揚《からあ》げだって、ナオちゃんが作り置きしてたのをレンチンしただけじゃん。それに、サラダ作ったの、おれだから」

眉間にシワを寄せてブーブー文句を言うくらいに。そのくせ、雅紀が買ってきた名古屋土産の和菓子《デザート》はしっかり食べていたのがいかにも裕太らしかった。

その後、風呂に入って自室に戻ってきた尚人は、いい匂いをさせながら、別段催促もしていないのに昨日の出来事を満面の笑みで語りはじめた。

「ユアンね、本当にまーちゃん……ていうかモデルの『ＭＡＳＡＫＩ』のファンなんだってことがよくわかった。もう、ね、目がキラッキラなんだよ。普段はあんまりしゃべらないみたいなんだけど、まーちゃんの話になると別みたい。ネットでいろいろ調べたんじゃないかな。いつ、どこのステージで、どういう衣装を着てて、ランウェイでどんなふうに歩いたとか、すっごい覚えてて。俺、マジでビックリしちゃったよ。すごいよね。俺の知らないまーちゃんがどんどん出てきて、なんかもうドキドキだった」

そのときのことを思い出しているのか、尚人の目もキラキラだった。本当に楽しそうで、ちょっと……本気で妬《や》けた。

だいたい、あの無表情の権化であるユアンの目がどうやったらキラキラになるというのか。まったく、ぜんぜん、想像もできない雅紀であった。

「でも、やっぱりユアンもまーちゃんも同じプロなんだよね。撮影用の衣装に着替えてカメラの前に立ったら、なんかスイッチが切り替わったみたいで……。ユアンの妖精オーラが半端なかった」

いつになく饒舌《じょうぜつ》な尚人が止まらない。せっかく、三日ぶりに顔を合わせたのに。先ほどからユアンの話ばかりしている尚人にイラッときて。

(あー、もう、うるさい)

雅紀はその口をキスで塞《ふさ》いでそのままベッドに引きずり込んだ。

イラついて。

ムカついて。

——キスで黙らせる。

腕を掴んで。

強引に抱き込んで。

——押し倒す。

優しくない。

いたわりがない。

——ただ焦《じ》れているだけ。

最近は、なんだかそんなパターンばかりだと雅紀は自嘲《じちょう》する。

自覚があるだけマシなのか？

たぶん、そうなのだろう。

仕事が忙しくなって、尚人とゆっくりスキンシップもできない。だから、イラつくのか。ムカつくのか。

——違うだろ。

わかっている。

尚人が楽しそうに、自分以外の男の話をするのが嫌なのだ。

嬉しそうに語るのが気に入らないのだ。

キラキラした目をするのが癪《しゃく》に障るのだ。
どうにもこうにも腹が立つのだ。
たとえ、恋愛感情が絡まない男であっても。
——エゴが疼く。
嫉妬深くて、ときおり自分が嫌になるけれども。
ディープなキスを貪《むさぼ》っても、頭の芯がモヤモヤする。
抱き合っているのに、胸の奥のザワザワ感が止まらない。
急降下した気分が——ドン詰まる。
……バカだろ。
……アホだろ。
……マヌケだろ。
こんなふうに尚人と抱き合いたいわけじゃない。
(はぁぁ…………)
雅紀は尚人を組み敷いたまま、ベッドの中で固まった。

いきなり抱きすくめられて。

——ビックリした。

不意にキスで口を塞がれて。

——ドッキリした。

そのままベッドに引きずり込まれて。

——固まった。

なんだろう。

どうしたんだろう。

心臓がバクバクになった。

(まーちゃん、怒ってる?)

そうなのか。

やっぱり、自分だけしゃべりすぎてた?

はしゃぎすぎ?

日曜日の感動が冷めやらなくて、ちょっと、テンションが振り切っていたのかもしれない。

(ごめんね、まーちゃん)

抱きすくめられて、組み敷かれたまま、ピクリともしない雅紀の背中に手を伸ばして。そっと撫《な》でる。

(ひとりで舞い上がって、ゴメンね?)

すると。雅紀が耳元でボソリとつぶやいた。

「悪い。ナオ、ちょっと……リセットしてもいいか?」

「リセット?」

何を?

どこを?

どんなふうに?

「なんか、あんまり不様すぎて……あれだから。最初からやり直したいんだけど」

ボソボソと口にするトーンはいつになく掠《かす》れぎみだった。

雅紀が言うところの『不様』が何をさすのかはわからないが。雅紀がやることに反対なんかしない。

「……うん」

尚人が口にすると。

雅紀はゆっくりと頭をもたげた。

「俺、今、すげー不細工な顔をしてるだろ?」

言っている意味がわからない。雅紀が不細工なら、尚人なんか顔を上げて歩けない。

「どうして?」

「嫉妬丸出しのバカ男だから」

「え？」

思わず目を瞠《みは》ると、雅紀が唇の端で薄く笑った。

「ナオがユアンのことばっかり褒《ほ》めるからだろ」

「……ゴメン」

それしか言えなくなってしまった。

「だから、リセットしたい。もう一度、初めっから」


何もかも、最初からリセットする。

そんなことを臆面もなく口にする自分が、ちょっとだけ恥ずかしい。足の裏が痒《かゆ》くなった。

それでも。自分の気持ちに嘘《うそ》はつけないから。尚人に対しては真摯でありたいと思うから。

――リセットする。


唇を軽く啄《ついば》んでキスをする。

甘い、蜜《みつ》の滴るような口づけを交わす。

濃厚でディープな接吻《せっぷん》を貪る。

口角を変え、舌を絡め、互いの熱を吸って——蕩《とろ》ける。身も心も。

「まー……ちゃ……」

胡座《あぐら》をかいた雅紀の膝の上で大きく足を開いたまま、尚人が喘《あえ》ぐ。

尖りきった乳首を弄《いじ》られながら股間を揉《も》まれるのが気持ちよくて、尚人の口からひっきりなしに熱い吐息がこぼれた。

本当は乳首を噛んで吸ってほしい。痛いくらいの刺激がほしくて、腰が捩《よじ》れた。

達《イ》きそうで、達《イ》けない。

下腹にこもる熱はぐるぐると渦を巻くだけで、弾《はじ》けるにはまだ——刺激が足りない。

「まーちゃ……握って」

「何を?」

尚人の耳たぶを甘噛みしながら、雅紀が囁《ささや》く。

囁くトーンはたっぷりと甘い。なのに。わかっているのに、こんなときだけわからない振りをする雅紀は意地が悪い。

「俺、の……。俺の……握って」

雅紀のしなやかな指で双珠をくにくにと揉みしだかれるのは好きだが、それだけでは足りない。

「おねが……い。まーちゃん……」

「握って、擦《こす》ってほしい？」

こくこくと、尚人は頷《うなず》く。

本当は、もっと可愛い声で尚人が囀《さえず》るのを聞いていたいが、明日も、尚人は学校である。

明日が休日だったら、好きなだけ突き上げて、中にブチまけて、朝まで抱き潰すこともできるが、学業に支障が出るのはさすがにマズい。それくらいの自制はまだ残っていた。

二人で気持ちよくなるセックスをする。

とりあえず、それは週末のお楽しみに取っておくことにした。

雅紀が勃起したものを握り込むと、尚人は、その刺激にヒクリと喉を震わせた。

ゆるゆると二、三度扱《しご》き上げるだけで、しなりが増した。

先端の蜜口にはうっすらと先走りの精が滲《にじ》んでいる。

「大丈夫。ナオのミルクは全部搾《しぼ》り取ってやるから」

先走りを馴染ませるように親指の腹で擦ると。

「や……ン」

尚人の声が裏返った。

「まーちゃ……や……や……。そこ……やだ」

「どうして？　ナオ、ここを弄られるの、大好きだろ？」

ゆっくり何度も指の腹で擦り上げると、蜜口の秘肉がぷくりと膨《ふく》れた。

「ひゃッ……ん、んッ」

甘い喘ぎがこぼれた。

「ほら、ここ。ちゃんと剝《む》いてやるから」

爪の先で弾いて秘肉を露出させてやると。

「や……んんんッ」

尚人の太股がヒクヒクと引き攣れた。

構わず何度も引っ掻いてやる。

すると、尚人の腰が浮いて揺れた。

「ヒャっ……いゃ……ややややぁ～～ッ」

「気持ちいいだろ？　爪でグリグリされるの、ナオ大好きだもんな。ここからミルクが出なくなるまで舐《な》めて吸ってほじってやる」

露出させた秘肉が真っ赤に熟れるまで爪の先で引っ掻くように弄って擦り上げると。

「ひ…ゃっ、ひゃ…っ、やぁぁぁ～～～」

腰を浮かして突き出して、双珠をキュッと吊《つ》り上げ、尚人は本気で気をやってしまった。

《＊＊＊　終業式　＊＊＊》

翔南《しょうなん》高校。

三学期終業式。

（今日で二年七組も終わりかぁ）

思えば、あれやこれやそれや、二年生になってから本当にいろんなことがあったと思うとよけいに感慨深い。この一年で一番変わったのは兄弟間の……特に雅紀との関係性だと思うと、なにもかもが濃密すぎて、振り返ってみればまさにジェットコースター気分だった。

（あ……そう言えば）

今日も朝イチからの仕事で、尚人が家を出るタイミングで起きてきた雅紀が。

「なんだ、ナオ。今日はやけにゆっくりだな」

なんだか訝《いぶか》しげな顔をしていたのを思いだして。

「やだな、まーちゃん。今日は終業式だよ」

尚人がくすりと笑うと。

「え？　もう、そんな時期だったのか？」

素で驚いていたのがおかしくて。

雅紀が高校を卒業してからだいぶ過ぎているので、そういうこともすっかり忘れてしまっていたのだろう。というより、単純に忙しすぎて、自分のスケジュールを把握するだけで精一杯というのが実情だろう。

(まーちゃん、ホント、最近はワーカーホリックぎみだもんなぁ)

そのせいなのかもしれないが、この間、雅紀が名古屋から帰ってきた夜のことをふと思い出す。

(あのときのまーちゃん、なんかいつもと違ってたよな)

あれはやっぱり、仕事疲れもあったのだろうと思う。なにより、尚人がユアンのことで浮かれすぎていたのが悪かったのだろうが。

(でも、まーちゃんにあんな真剣な顔で嫉妬してるなんて言われたら、なんか……ビックリしたっていうより嬉しくなっちゃって)

嫉妬されるということは、愛されていることの裏返し。それを思うとつい、顔が緩んでしまう尚人だった。

た。

なんだかんだの四人組であった。もはやすっかり見慣れた光景で、悪目立ちする間もなかった。

教室を出て桜坂と肩を並べて歩いていると、中野《なかの》と山下《やました》がやって来た。

「よぉ、篠宮《しのみや》。桜坂《おうさか》」

「新学期になったら、いよいよ俺らも三年生突入だな」

山下が言うと。

「去年はいろいろありすぎて、あっという間に終業式って感じ」

感無量とばかりに中野がひとつ大きく息を吐いた。

「……だな」

桜坂も、そこに異存はないようだ。

「あー、そういえば。篠宮の兄貴、すげーことになってるじゃん」

「そう、そう」

「何がスゲーんだ?」

「なんだよ、桜坂。知らねーの? 今、一番ホットなニュースなのに」

中野と山下にソッコーで駄目出しされて、桜坂は眉をひそめた。

「だから、なんだよ?」

相変わらず桜坂はネットニュースに疎いらしい。興味と関心がないものにはまったく気が向かないのだろう。

「ゲーム会社と大手広告代理店がコラボした企画『ファンが選ぶ、○○さんにリアルでコスプレしてもらいたいゲーム・キャラ選手権』だよ」

中野が言うところの通称『リアルでコスプレ・ランキング』は、数あるゲームの中からファンが推しキャラを誰にコスプレしてもらいたいかを投票してランク付けをし、ナンバー1を決める企画である。

コスプレ対象者は日本国籍であれば年齢・性別・職種は問わないらしい。

極端な話、キャラ推しの自分推薦であってもまったく問題がないということである。

投票はスマホ、タブレット、パソコンから。専用サイトで投票権をゲットして、推しキャラとコスプレしてもらいたい人物の名前を記入する方式だ。

一機種一回限りで重複投票はできない。本当に、ぜひこの人にやってもらいたいという熱い想いを託すのだ。それによって投票者が何らかの利益を得ることはない。

それが、どうして、熱狂的な盛り上がりをみせているかというと。ランキングのトップ10に入ったら、選ばれた人に実際にそのキャラになりきってコスプレしてもらうというコンセプトだからだ。

この企画がなぜ日本人限定なのかというと、さすがに有名外国人にリアルでコスプレしてもらうには、ギャラとか、肖像権とか、その他もろもろの交渉が困難だからだろう。

そういうコンセプトのために、この企画にはファッション業界も協賛しているのである。萌《も》え心満載な、リアル《ファンタジー》でガチな三次元。ゲーム好きだけではなく様々なファン層に広がりを見せる業界挙げての一大イベントになっていた。

「で、篠宮の兄貴が何？」

「だからぁ、中間発表じゃ雅紀さんがぶっちぎりのトップを独走中」

「……マジで？」

「「マジで！」」

中野と山下がハモった。

「スゲーな」

「すごいんだよ」

「さっすがカリスマ・モデルの面目躍如？」

「いや、それは関係ないと思うけど」

尚人が控えめに口を挟むと。

「何、言ってんだよ、篠宮。ぶっちぎりのトップなんだぞ。すごいに決まってるだろ。このまま最後まで突っ走るんじゃね？」

「そうだよ。死神シリーズ最凶最悪、超絶美形のラスボス、ヴァルディアス様だぞ。地獄の試練をクリアしてようやく聖魔の塔に辿《たど》り着けたと思ったら、鬼強《おにつよ》すぎてケチョンケチョンにされるんだぞ。挑戦者は死屍累々《ししるいるい》。あの真性ドSなキャラをリアルでやれるのは雅紀さんしかいないッ」

自称ゲーマーの山下が興奮したように尚人の背中をバシバシ叩きまくる。

桜坂と同じであまりゲームに詳しくない尚人だが、ネット上ですごいことになっているらしいのは知っている。なにしろ、そういうことには興味の欠片もないらしい裕太でさえ知っているくらいだ。

「そこらへん、兄貴としてはどんな感じなわけ？」

「どんなって……。まぁ、普通？　まだ結果が出たわけじゃないし。今のところ仕事が忙しすぎて、そこまで気にしてないんじゃないかな」

「そうなんだ？」

「てか、逆に余裕綽々《しゃくしゃく》って感じがするんだけど」

「中間発表とは言ってもぶっちぎりだしなぁ」

尚人的には。これで雅紀が一位を取ってしまうと『やっぱり、まーちゃんはすごい』だけでは終わらなさそうな予感がありありだった。今でさえ超多忙なのに、もしもこれが本決まりになってしまったら本業以外の仕事で忙殺されてしまうのではないかと。

尚人の本音は、もう少し仕事量をセーブして欲しいところであった。決して、雅紀と過ごす時間をこれ以上削られたくない……などと思っているわけではない。いや……ちょっとだけあるかもしれない。

『リアルでコスプレ・ランキング』のファンサイト――そんなものができるほど世間の関心は高いということなのかもしれないが。そこでは、すでに様々な噂が飛び交っていた。

【十傑のお披露目ステージのドームツアー企画があるみたい】

【トップ10のお披露目のあとは写真集が出るって、マジ?】

【リアルでガチなコスプレ生写真、絶対に出して欲しい。絶対に買うから‼】

【コスプレ写真、コンプリートすると抽選でプレミアグッズがもらえるんだって】

【写真集には握手会の応募券が付くらしい】

【写真集のQRコードで撮影会ご招待の抽選券が当たるって、ホント?】

【ネットでトップ10と一緒に写真を撮れる予約券を限定発売するっていう噂がある】

何かもういろいろとすごいことになっていた。皆の期待度というか、願望というか、妄想というか、そんなものが渦巻いているようで。何が本当で、どれがフェイクなのか。企画者サイドにしてみれば、その反響の大きさにウハウハだったりするのかもしれないが。

とにもかくにも、明日からは春休みである。

雅紀のとなりに並び立つという尚人の野望はまだまだ先のことだが、進路はしっかり決めなければならない。

雅紀が行けというからなんとなく大学に行くのではなく、きちんと目標を持って毎日を過ごす。その気持ちを新たにする尚人であった。

あとがき

こんにちは。

世界的引きこもり状態で楽しみにしていたイベントが軒並みキャンセルになって、日常生活のハリと萌えと潤いがいまだに低空飛行中で、どんより《どんより》ため息。早く復活したいものです。

それはさておき。

『二重螺旋』⑬巻、お待たせいたしました！　とか言って、誰も待っていなかったらどうしよう。……なんて、意外に小心者の吉原《よしはら》です（笑）。

今回、タイトルがいつもと違ってなんのヒネりもないな。いやぁ、うまいこと音感の合う言葉がなくて、どうしようかなと思っていたのですが。書き始めたら『うん、やっぱりこれだよね』ということで『水面ノ月』に落ち着きました。一応、前回に引き続き、カタカナ『ノ』シリーズです。

自分でいうのもなんですが。今回、一癖も二癖もある大人三人組がそれぞれの思惑でもって始動しはじめたので、このシリーズ中、雅紀が一番年相応の悩める青少年になったのではないかと。

ほら、雅紀って、兄貴としてのプライドの権化だから、なかなか自分の弱みを見せられないっていうか、尚君にはとにかく『できるお兄ちゃん』でありたいので、見栄張ってるところがあるし。いいふうに殻が破れてきたのではないでしょうか。

ということで。今回、バイプレーヤー大人三人組の暗躍（笑）を書くことができて、すっごく楽しかったです。

もちろん、尚君とユアンの可愛らしくてほのぼのとしたシーンもいい感じで。

さてさて。

末筆になってしまいましたが。円陣闇丸《えんじんやみまる》様、素敵なイラストをいつもありがとうございます。&いつもいつも極道な進行で申し訳ありません《スライディング土下座》。

そうそう。「二重螺旋」はＣｈａｒａ本誌で連載中。新刊コミックスも発売されたばかりでございます。そちらもぜひ、宜しくお願いします！

それでは、また！

令和二年　十月

吉原理恵子《りえこ》

この本を読んでのご意見、ご感想を編集部までお寄せください。

《あて先》〒141-8202　東京都品川区上大崎3-1-1　徳間書店　キャラ編集部気付
「水面ノ月」係

【読者アンケートフォーム】

QRコードより作品の感想・アンケートをお送り頂けます。

Ｃｈａｒａ公式サイト http://www.chara-info.net/

■初出一覧

Chara

水面ノ月

……【キャラ文庫】

2020年10月31日　初刷

著者　吉原理恵子
発行者　松下俊也
発行所　株式会社徳間書店
〒141-8202　東京都品川区上大崎3-1-1
電話049-293-5521（販売部）
03-5403-4348（編集部）
振替00140-0-44392

印刷・製本　図書印刷株式会社
カバー・口絵　近代美術株式会社
デザイン　カナイデザイン室

ISBN978-4-19-901009-5

吉原理恵子の本

好評発売中

「一凛ノ花　二重螺旋12」

イラスト✦円陣闇丸

10代を中心に、人気急上昇中の海外ブランド『ヴァンス』——。そのチーフデザイナーが、尚人《なおと》を専属モデルに逆指名してきた!?　自社のモデルを候補に、交渉を進めてきた加々美《かがみ》は呆然!!　兄の雅紀《まさき》としては、尚人の資質と可能性が認められたのは嬉しい。その反面、クリスの慧眼に嫉妬し、警戒せずにはいられない——。けれど、断っても納得しないクリスは、尚人と直接交渉したいと言い出して!?

吉原理恵子の本

好評発売中

【二重螺旋】

シリーズ1～11
以下続刊

イラスト✦円陣闇丸

父の不倫から始まった家庭崩壊——中学生の尚人《なおと》はある日、母に抱かれる兄・雅《まさ》紀《き》の情事を立ち聞きしてしまう。「ナオはいい子だから、誰にも言わないよな？」憧れていた自慢の兄に耳元で甘く囁《ささや》かれ、尚人は兄の背徳の共犯者に…。そして母の死後、奪われたものを取り返すように、雅紀が尚人を求めた時。尚人は禁忌《タブー》を誘う兄の腕を拒めずに…!? 衝撃のインモラル・ラブ!!

吉原理恵子の本

好評発売中

「影の館」

イラスト◆笠井あゆみ

天界を総べる天使長のルシファーは、神が寵愛する美貌の御《み》使《つか》え。そんな彼に昏い執着を隠し持つのは、信頼の絆で結ばれた熾天使《セラフイム》ミカエル。激情を持て余したミカエルは、ついにある日、己の片翼を無理やり凌辱!!　堕天したルシファーは、ミカエルの従者《シャヘル》として「影の館」に幽閉され、夜ごと抱かれることになり!?　神の怒りに触れても、おまえが欲しい――姦淫の罪に溺れる天使たちの恋の煉獄!!

キャラ文庫最新刊

獲物を狩るは赤い瞳

久我有加
イラスト✦金ひかる

クロと呼ばれる巨大な人喰い鳥から、人々を守る新人刑事・礼央《れお》。相棒になったのは、クロの遺伝子を持つという赤い瞳の男で!?

恋の吊り橋効果、深めませんか？ 恋の吊り橋効果、試しませんか?2

神香うらら
イラスト✦北沢きょう

大学生の雪都《ゆきと》は、恋人でFBI捜査官のクレイトンと同棲中。バカンスに訪れた離島で、とある事件に巻き込まれてしまい…!?

水面ノ月 二重螺旋13

吉原理恵子
イラスト✦円陣闇丸

尚人《なおと》が外国人観光客をガイドしたことがネットで話題に!! 少しずつ開き始める尚人の世界に、雅紀《まさき》の心中は穏やかではいられずに!?

11月新刊のお知らせ

楠田雅紀 イラスト✦小山田あみ ［炎の中の記憶(仮)］
小中大豆 イラスト✦みずかねりょう ［魔女は茨の森で眠らない(仮)］
菅野 彰 イラスト✦二宮悦巳 ［毎日晴天！ 18(仮)］

11/27
（金）
発売
予定